新潮文庫

余命

谷村志穂著

余命

わたしはあなたたちを愛してきたと
主は言われる。
しかし、あなたたちは言う、
どのように愛を示してくださったのか、と。

マラキ書
イスラエルとエドムより

ある夫婦の物語である

序章 木漏れ日

診療所の明け放った窓から、山吹の花色を映して澄んだ陽光が差し込んでいた。桜の花が見頃を過ぎると、山は一面に山吹の黄にまばゆく染まる。光は黄金色に輝きはじめる。

ヒバリのさえずりが風に乗って届き、カーテンの柔らかな生地を踊らせていた。

そんなとき、白衣に身を包んだ百田良介《ももたりようすけ》は、ふと手を止めて窓の向こう側を見る。なだらかな傾斜の続く山肌の、樹木の揺らぎや葉のざわめきの中に、今も黒々とした瞳《ひとみ》が輝いているような気がするのである。

良介は、念のため患者の腹部を触診していた手を止め、バスタオルの敷かれた診療台のかたわらから体を離すと、横に立つ看護師に向かって頷《うなず》いた。

シャツの裾《すそ》をおろして、不安そうに表情を曇らせ回転椅子《いす》に座り直した患者と向かい合い、髭《ひげ》もじゃの顔に柔和な笑みを見せる。

「やっぱり風邪ではない、ようだ」

「ようだ、ち先生、だれば、なんか悪い病気なんかい？」

向かい合って座った眼鏡の患者は、両手を胸の辺りに組む。

「何しろ私はやぶ医者なもんだからね」

良介はそう言って、満更嘘《うそ》でもないなと自分で納得する。

「またそうやって、先生は」と、恰幅《かっぷく》のいい看護師は、良介の背中を叩《たた》いて、続けた。

「おめでたのようですよ。でしょ？　先生」

つい先ほどまで、瞳を揺らし強張《こわば》っていた患者の表情が一気に緩んだ。

「信じられん。先生、本当にありがとうございます。もう、とっくに諦《あきら》めかけてだんばね」

患者は、人さし指で眼鏡の中央を押さえると、頭を下げた。

「僕は何もしていないでしょう。お礼なら、ご主人におっしゃい。神様の思《おぼ》し召しですよ」

良介は手を洗って、カルテに患者の妊娠を示す術語を書き入れた。

島の診療所では、内科医であるはずの良介が、子供の怪我《けが》も老人の骨粗鬆症《こつそしょうしょう》もすべて診《み》るのだった。婦人科の診察をするための内診台もないので、普通の診察ベッドに横たわってもらう。専門的な医療は、月に一、二度、本島からやって来る各科の専門医に頼る。はじめから妊娠とわかっていたら、この患者も本島へ行ったのだろうが、駆けつけたときには風邪が治らず微熱が続いていると言っていた。

「本当にこんなことってあるんばね。結婚して、十年目なんですよ」

眼鏡の妊婦はなお、興奮冷めやらない様子で、レンズの奥にある目を、細い指で拭《ぬぐ》った。グリーンの花柄のシャツに、くるぶし丈のコットンパンツをはいている。カルテに書かれてある生年月日から計算すると、三十二歳である。都会なら妊娠に驚く年齢ではない。確か、夫婦で付近の島々と奄美《あまみ》本島を結ぶ定期船の運航を担《にな》っていたはずだ。

「ほんとうだね。人間の体がすることは、わからないものです」

良介は、心からそう答える。神様の思し召し、などという言葉を、無宗教であったはずの自分がごく普通に使うようになったのはいつ頃からだったろうか。

目を窓に移すと、ほどなく、自転車で走って来る、チョコレート色に焼けた瞬太《しゅんた》の姿が目に入った。ひょろりと背の高い頭の上にヘルメットを揺らし、腰を宙に浮かせたまま自転車を漕いでいる。痩《や》せてはいるが、二の腕にはしっかりと筋肉がつき、身を乗り出すようにペダルを踏む体からはエネルギーが迸《ほとばし》って見える。高校の制服である白いシャツが、眩《まぶ》しいほど光を集めて反射させている。

もうじき奄美の高校を卒業する。春からは単身で上京し、東京の大学へ通うことになっている。

「おうい、お帰りー」

良介は窓から顔を出し、患者がいるのに平気で大声をあげる。手を振ってやると、ハンドルから片手をあげて、振り返して来る。

「やあい、父ちゃん」

笑うと、両耳の下まで届きそうなほど口角が上がる。頰に靨《えくぼ》を窪《くぼ》ませて、まるで小さな子供のように、今も父親にそんな甘えた声を出す息子である。

良介は、もう一度手を振ってやる。

もしも妻がいたら、たぶんこうして、毎日大きく手を振って迎えてやったに違いない。一体そのどれだけを補ってやれているのだろうか。妻の心の強靱《きょうじん》さには、どんなに努力しても追いつくことができそうにない。だから、せめていつも心穏やかに笑って迎えてやろうと努めてきた。それさえしてやれない日が迫ってくることを思うと、この春には格別の感がある。

　窓越しに患者の横顔が見えたのか、

「父さん、今日の夜の約束は、いいですよね。浜へ行くの」

「大丈夫だよ」

「じゃあ僕が、夕飯作ってますからね」と、急に敬語に切り換えるような大人っぽさも、この頃では身に付けたようだ。良介には、それがくすぐったい。

「立派な息子さんですね。若い人のお手本みたいですね」

　患者が、一緒に手を振って、そう続ける。

「やぶ医者から生まれたにしてはね。まあ亡《な》くなった妻似なんですよ」

「私も早く夫に知らせてあげんば。何か、あんなぐうたら亭主に知らせるのは、もったいないんばね」

「お大事に。授かり物ですよ」

　良介は、もう一度笑顔を見せる。

　患者が出ていき、ドアが閉まると、良介は、机の上に載った毛糸の人形の頭を太い指でちょんと突ついた。太く長い髪を三つ編みに垂らし、大きくて黒々とした目をした人形は、前任の医師が、往診用に支給されたワゴン車の中に置いていったものだった。ずいぶん汚れていたが、風呂場《ふろば》で洗ってやると、きれいになった。以来、診療所の机の上にこうして置いてあるのだ。

いつものように、人形に声をかけた。

十年目にできた子供だそうだよ――。

あの日の僕らと同じように、驚いていたね。

また春の気紛《きまぐ》れな風が入り込み、樹木の葉がこすれ合う音が一斉に立った。木漏れ日が、待っていた。良介は机の上にいつも置いてある旧式のニコン一眼レフのレンズを向けてみる。

I

外科医の朝は、まだ夜もあけきらないうちに始まる。

総合病院に勤務する百田滴《しずく》は、当直日以外は早朝五時半に起きて、阿《あ》佐谷《さがや》の古い一軒家の台所でコーヒーを沸かし始める。築三十年以上になる平家《ひらや》の台所の壁は古めかしいタイル張りで、コンロも二つしかないが、カーペットを敷き詰めた床は冬も温かく、夫婦二人の生活に不便はない。

早く仕事に出かける日は、夫の良介もコーヒーに付き合ってくれるが、たいていはベッドで夢うつつである。

結婚したときから使っているゴブラン織りのソファの横には、良介の仕事道具が放ったように置かれてある。あちらこちらに傷が付き、ステッカーやら飛行機のバゲージチェックのシールがたくさん残るジュラルミン製のバッグが二つ。彼が好むニコンのカメラ機材が詰まっているらしいが、最近では手入れしているのを見たことがない。

滴は沸かしたコーヒーに、ミルクをたっぷり入れて飲んでから、中央線に乗って新宿まで通勤する。

自宅から阿佐ケ谷の駅まで、路地を幾つも潜《くぐ》り抜けるように歩いて十分、新宿駅からは徒歩で十五分ほどの道のりを、毎日歩く。早朝の新鮮な空気を肺に送り込むうち、体全体がすっきり目覚めていく。

大島総合病院は、駅の西口に出るとすぐに見えてくる。白いレンガの高層ビルで、築二十年たった昨年に全館に及ぶ大規模なリニューアルが行われた。がん専門外来を設け、専任の医療チームを招いた二十一世紀型の総合病院になった。命滴はリニューアル以前からの外科医である。

医者の不養生とはよく言ったもので、途中のコンビニエンスストアでサンドイッチやサラダを買って病院でそそくさと詰め込む。七時三十分には、白衣とスニーカーに着替えを終えている。

まずは、受け持ちの入院患者の状態を見て回り、その後、八時三十分に外来診療を始める。外来からはずれる日は、手術日にあてられている。余
今日は、いつもより十五分程早く病院に到着した。予定通りである。忙しさにかまけて延ばし延ばしにして来たのだが、机の引き出しにしまってあった産婦人科の短冊《たんざく》型の検査紙と紙コップを抜き出し、白衣のポケットに入れる。頬が赤らんだ。

トイレの個室に鍵《かぎ》をかけ、便座に座った。深呼吸をする。患者も同じ気分だろうか。紙コップに受けた小水に短冊をひたすと、滴は目をつむり、一つ息を吐いた。ここまで来ると、もはやどうにでもなれという思いだった。

結婚して今年で十年になるのだ。まさか今になって妊娠することなど、本当にあるのだろうか。自分でも期待していないのは、これまで幾度も同じ検査をして落胆を経験しているからである。片寄った食生活や、仕事のし過ぎからなのか、それともやはり過去の病歴に起因しているのか、自分の体はうまく女性ホルモンを分泌《ぶんぴつ》していないらしい。きちんと検査をして治療にあたる勇気も時間もない。それでも、授かれるものならば欲しいと思ってしまうのである。

特別な検査も治療もしていない自分たちに、もしも今頃になって子供ができるのならば、それこそ夫婦に起きた奇蹟《きせき》ではないかと外科医の滴は思う。奇蹟だって起きないわけではない。病院ではそれを目《ま》の当たりにすることが、しばしばある。逸《はや》るような気持ちと、落胆しないよう予防線を張る心づもりとが混ざり合って、滴は気持ちを鎮《しず》めるためにいつしか祈っている。

神様、どうか、私たち夫婦にも贈り物を下さい。

生理がなくなってふた月以上が経過している。

同僚の女性たちは往々にして生理が上がってしまうのが早い。

閉経の下限は四十三歳である。その年までまだ五年もあるはずなのに、近頃は多忙やストレスが重なると、生理の間隔は飛びがちになる。

「妊娠したと思って喜んで検査したら、それどころか、更年期の前期症状だなんて言われてがっかりしたわよ」

そんな話を、先日も研修医時代の先輩医師から耳にしたばかりだった。ぬか喜びは嫌だと思いながらも、結婚記念日の今日、わざわざ検査をするのだから、やはり自分は奇蹟に賭《か》けているのかもしれない。

良介には、まだ何も話していない。

もし、もしも、今日、結婚十年目に妊娠がわかったりしたら、滴は自分にだって幸運がめぐってくるということをようやく信じることができるだろう。自分の人生にだって一度くらい……そんな、自分には不似合いな劇的な結果を思い描き、俄《にわか》に胸が強く打ち始める。

「悪いけど、もうこの年で子供ができるなんて、嬉《うれ》しくないからね」

件《くだん》の先輩は、夫にそう言われたと嘆いていた。

良介が、そんなことを言うとは到底思えない。

かといって、諸手《もろて》をあげて驚喜するという姿も容易には想像しがたい。

夫の本心がわからないのは子供がいないからなのだろうか、と考えるときがある。だが、滴はいつも直後に開き直る。わからないから、ほどほどにうまくやって来られたのだ、と。

これまで二人で乗り越えてきたことに、理屈を越えた絆《きずな》を感じているのは、滴の方だけであってもおかしくはない。

出会ってから今に至るまで、良介には苦労ばかりかけてきたような気がする。そういう台詞《せりふ》は大抵は夫が妻に言うのだろうが、夫婦の間に「事件」を起こすのは、いつも滴の方だった。

お茶の水にある医大の同級生として知り合った。

北海道の中心部に位置する旭川《あさひかわ》という雪の多い街で、開業医の次男として生まれ育った良介は、いつも近くにいる誰かに話しかけていた。どこへ出かけるにも不案内で、東京での快適な暮らし方もわからずに、きっと誰かに頼りたかったのだろう。

では、医大生なのに使えるお金は限られていて、友人を探している最中だったという意味では、滴も似た者同士だった。

地方からやって来ていても、仕送りがふんだんな学生たちは、すぐに東京での楽しみ方を覚えていくが、多くの学生たちの仕送りは限られ、医大生ではバイトをする暇もなかった。

昼休みになると、良介は首からカメラをぶら下げたまま、学食の空席を探していた。高校時代は写真部で、コンテストなどに出品しては賞をもらっていたと、入学したときの自己紹介で少し自慢気に話したものだ。学食で隣に並んだ良介は屈託なく声をかけてきた。

「なあ、アマミ、休みの日なんかは、どうしてるの？」

アマミというのが滴の渾名《あだな》であることは、自己紹介の場で皆に話してあった。滴が生まれ育ったのは東京だったが、母は五歳の頃に祖父に連れられる形で奄美大島から移住している。先に職探しに上京していた祖父が、土木作業員としての職を得て家族を呼び寄せた。親類は今も奄美に多く、滴の母は夏、冬と休みのたびに滴をつれて帰省した。奄美出身者たちは東京でも近隣に住み、会うと島言葉で話し、互いの生活を支え合っていた。美容院も日用品店も皆、奄美出身の者たちの店を使っていた。その一帯から学校へ通い始めるようになると、他の子供たちからは「アマミ」と呼ばれるようになった。

母親は、いかにも島から出てきたというように、色黒く、髪の毛も縮れて豊かで、黒目がちで艶《つや》やかな瞳を光らせていた。睫《まつげ》まで、黒くて太かった。そんな母を愛した父は東京の出身だったが、その一帯に小さな家を建てた。二人の間に生まれた〝二世〟と呼ばれる滴も、母そっくりに育ったのである。

学生用の安手の白衣に身を包んだ良介は、美しい顔立ちをした小柄な青年だった。うりざね型の輪郭に、形のいい厚い唇がある。いつも遠くを見ているような目の色は淡く、さざ波の立った北国の湖のようで、やはりどこか北の木立を思わせる印象だった。きれいな顔のくせに、それを隠すかのようにぼさぼさの長い髪をしていた。

「私に休みなんかないもん」と、滴は強がってみせた。「うちは、遊んでいられるような御身分ではないから」

滴の父も、亡くなった母も、公立の学校の教師だった。

私立の医大では、大学生になっても父母の会があり、医学生の父母たちは折々学校へ呼ばれ、子供たちがストレスに潰されないよう見守るためのガイダンスを受けるが、二人の親とも来たためしがなかった。自分たちを守るのは自分たちしかいなかった。

良介は、ふーん、と感心するように滴の顔を見たと思ったら、突然カメラのレンズを向けた。

「やめてよ。勝手に撮ったりしないで」

なお笑ったような顔でレンズを向けているので、滴はレンズを手で押しやった。

「あなたに、そんな権利はないわ」

「権利……って、それはわからないけど。悪かったね。でも、今すごくいい顔だった」

淡い色の瞳《ひとみ》が、滴に向かって揺れながら見開かれていた。カメラを降ろしても、すぐ近くに良介の澄んだ目があった。なおも、こちらに近付いて来るかのようだった。怒らない人間であるらしいことに気付いた。それまでの滴は、直接的な物の言い方をしては人とぶつかってきたからだ。

「百田くんは、どうしてんの？」

滴は、良介に向かって声を荒らげた自分を微《かす》かに悔いた。

「何が？」

「だから、休みの日のこと」

「ああ、そうか」

良介は目尻《めじり》を下げて頭を掻《か》いた。

「俺はさ、学割で映画館のオールナイトをよく観《み》に行くんだ。『ゴッドファーザー』

の三部作を続けて上映していたり、『仁義なき戦い』シリーズを朝まで通しでやっていたりしてさ。そこで、朝まで寝てるんだよ」

その素朴な言い方が、同級生たちの中では珍しかった。隣に並ぶと、少し汗の混じったような髪の毛が汚れているような清潔すぎない匂《にお》いがしていて、安心できた。

「今度、私も、行こうかな」

思わず口にしていたのは、滴もそんな風に勉強から離れた場所が欲しかったからかもしれない。

滴は、すでに大学近くの下宿を借りて、一人暮らしをしていた。高校生の時に母は膵臓《すいぞう》がんで他界していた。間もなく父親は再婚したいと言って、やはり夫に先立たれた女性を連れてきた。新しい母親から、家族が長年暮らした「アマミ村」の家は売って、新築のマンションに越すのだと言われたときに、自分にはもう帰る場所がなくなったことを悟った。何とか医大を出る学資だけは融通して欲しいと父に頼み込んで、下宿生活を始めた。その学資も、アマミの親類たちが大部分を工面してくれたという。

大学ではあまり友人には恵まれなかった。六年間も在籍するのだから、せめて苦楽を共にする仲間があってもいいように思えた。

キャンパスの中でのんびりと写真を撮っている良介の姿をよく見かけた。成績は滴よりも劣っていたが、競争心に欠けるところがあるのか、誰に対しても鷹揚《おうよう》なところがあった。相手が高級車で通学し地方学生たちを陰で小馬鹿《こばか》にしているような学生たちであっても、自分で受講した分のノートは見せていたし、お金に余裕はないはずなのに、同級生たちが徹夜で実習にあたっていると、みんなの分までおむすびや缶コーヒーを買ってきてくれた。

ある日、滴が風邪を引いて寝込んでいると、下宿のドアが突然ノックされた。差し出されたビニール袋の中に、ヨーグルトとりんごが入っていた。

「見舞いだよ」

ぶっきら棒にそう告げた良介を部屋に上げずに帰すと、翌日も、そのまた翌日も見舞いにやって来た。

滴が、授業のノートを見せて欲しいと頼むと、部屋に上がり、ショルダーバッグからノートの束を取り出して広げた。

自分のレポート用紙に、良介の小さくて丸い字を書き写す滴を横目に、部屋の片隅で一人で丸まって眠っていた。深夜の映画館が、滴の部屋になったようだった。

同じベッドで寝ようと誘ったのは、滴の方だ。

整った顔立ちの良介が立てていた静かな寝息は愛《いと》しく、この男の側《そば》にいたいという思いが募った。

その晩から、良介は当然のように、滴の部屋へ帰宅するようになった。

シングルの狭いベッドで、並んで眠ろうとしたときに、

「俺だって男なんだから、ずっとこんな風には我慢できないよ」

幾晩めかに、そう言ったのが良介の唯一《ゆいいつ》それらしいくどき文句だった。

手が滴の温かい場所を探り当て、やがて良介自身がぎこちなく入ってきた。狭いベッドの上、両腕で滴の頭を抱きしめてくれて一つになった。

若い日の彼は、滴の体のすみずみを愛撫《あいぶ》してくれた。腋《わき》の下や、足の付け根と性器の間の皺《しわ》の寄った部分、爪先《つまさき》などが、自分の肉体の一部であることを認識した。女として成熟していくのを感じた。下半身にふくよかな肉がつき、試験の前や解剖の後や、様々なときに欲望が高まり、自分の方から良介を求めるようになった。

小さなシングルベッドに二人で横たわっているのだから、それしかすることがなかったともいえる。

「こんなことしていたら、医者になる前に妊娠しちゃうな」

滴は時折不安になってそう口にした。

「俺、そうしたらジョン・レノンみたいに、男手で子供、育てようかな。俺は次男だ

し、医者にならなくたっていいんだ。滴は来てくれないだろう？　だったら、旭川に帰るのもいやなんだ」

遠くを見つめるように、良介は静かに答えたものだ。

猛勉強してせっかく医大に入ったのに、医師にならない男なんているはずがないと、滴は思っていた。弾みで子供ができてしまったら、きっと自分は迷いもせずに堕胎して、医師になる。良介は旭川でお嫁さんをもらって実家の病院に戻るのだろう。どこか醒《さ》めた目で学生時代の恋愛を楽しんでいた。

二十四歳で、滴は国家試験に合格する。

良介は、不合格の通知を受ける。

この年、若い二人には様々な偶然が重なった。まるで、神に何かを試されているかのように。

良介が趣味で撮影を続けていた写真が、投稿したカメラ雑誌で新人賞を取った。病院内の一本の桜の樹《き》の周辺に起きた風景を連写した、〈四季〉と名付けたシリーズだった。

「医者になるのはどっちか一人でいいと思わないか？」

良介がそう言い出したとき、それがふたたび国家試験を受ける苦痛からの逃避であることがわかった。

「ご両親にだって、絶対に反対されるよ。ここまで幾ら出してもらったと思ってる？」

「それで、あんたに出会えたんだからいいじゃないか」

良介は、自嘲《じちょう》気味にそう言い放ったものだ。

滴は大学病院の研修医として働きはじめ、良介は一緒に住み始めた部屋で国家試験の勉強を続けながら、新人賞をもらった雑誌での仕事を中心に、風景や植物の写真を本格的に撮り始める。

彼が旭川に帰るまで一緒に暮らしていたらいいんだ。若かった滴はよく考えもせず、日々の忙しさにあえて流されようとしていたのかもしれない。

そんな最中だった。

右胸に見つけたしこりが、若年性乳がんであることを知った。

しこりは三センチを超えており、リンパ節への転移も見つかった。幸い遠隔転移はなかったものの、いつ他の部位に再発するかもしれず、その可能性は二十から五十パーセントと高かった。遠隔転移が見つかれば根治するのは難しく、手術、抗がん剤、放射線などの治療が続く。

胸筋だけを残した右乳房全摘出手術を受けた。抗がん剤の治療を、入退院を繰り返しながら三クール受けた。当時は、抗がん剤によく効く吐き気止めもなく、点滴を受けた夜から黄色い胃液を吐くようになった。二週目には、予告された通り髪の毛や眉《まゆ》毛《げ》、睫までが抜けて、枯れ葉のように落ちていった。

国家試験に受かってまさにこれからと思っていた矢先に、母の命を奪ったがんが自分にも襲いかかってきたのだ。滴は暗闇《くらやみ》の中へと迷い込んだ。

がん患者に珍しいことではないが、滴もベッドにめぐらしたカーテンを閉め切ったまま、物思いに耽《ふけ》ることが多くなった。

まだ独身だというのに、右の胸から肉はすべてこそげ落とされ、斜めに走る手術の痕《あと》がのこっている。女であることすら許されないのだろうか。そう思うと、下宿の狭いベッドで、互いに痩《や》せた体をぶつけ合って良介と愛し合ったことが、余計に輝いて感じられた。

「結婚しような」

毎日のように、ジュースや果物を持って病室に見舞いに現れた良介は、ある日、天井を見上げて押し黙ったままの滴のベッドに入ってくると、ふーんと長いため息をつき、おっとりとそう言った。

「滴が横にいてくれないと、よく眠れない」

首筋に顔を近付け唇を動かしながらそう呟《つぶや》くと、良介は本当に眠ってしまったのだ。

もう十四年も前のことである。

やがて短冊《たんざく》に、ぼんやりとうす紫色の反応が上がった。

プラス――。

間違いない。妊娠反応である。

便座に座ったまま、さらに月の輪郭のようにくっきりしてきた反応に見入る。

「どうしよう」

思わず、喜びの声がもれる。

今度ばかりはぬか喜びではなかった。この子宮の中に、赤ん坊が宿っている。

「百田先生ですか、中にいるの？」

同僚の保井《やすい》きり子の声がする。

「あ、保井先生、おはようございます」

病院では、友人同士であっても先生付けで呼び合う。保井きり子は、研修医時代からの唯一の友人で、滴と同じように医師ではない夫がいる。彼女よりずっと年上の、翻訳家だと聞いている。保井は現在、がん専門外来に所属しながら、主に小児病棟を担当している。

滴は、下着をあげて紙コップを汚物入れに捨てた。

「何か、ありました？」

慌《あわ》てて出てきた滴に、保井は訊《たず》ねる。

「先生の方は、どうですか？　ここのところは」

動揺を隠そうと、滴は、さしさわりのない問いかけをする。

「問題児が入ってきてしまって、連日、治療どころじゃない感じです。看護師さんたちも手を焼いているので、百田先生にも時間があるときにちょっと顔を出して欲しくて」

女の医師たちも、朝はきれいに化粧をしている。滴は、量の多い髪を長くして、細かなウエーブをつけ、一つにまとめている。耳には小さなダイヤモンドのピアスをつけていて、「アマミ」と呼ばれていた頃より、少しは垢抜《あかぬ》けたのだろうか。滴は保井を見やる。薄化粧ではあるが、眉の形は整えられているし、唇は淡いローズ色だ。どこか童女のような印象を受ける。

手洗いに並んだ鏡越しに、友人の真剣な顔を見ているうち、滴は自分の内側から溢《あふ》れてくる喜びを、どうしても伝えたい衝動にかられた。嬉しい。そう、手放しに自分の心が弾んでいることが愛おしい。

「先生、私、どうやら妊娠したみたいなんですよ」と、口にしてみた。

保井は、声にならない声を発した。

「ごめんなさい。あんまりびっくりして。……それは、お祝いしなきゃいけませんね」

「ありがとう」と、滴は鏡越しに頭を下げる。

「だからって、仕事、やめたらいやですよ」と、保井は滴を覗《のぞ》き込んで、先にトイレを出た。

〈良介へ
今日は、遅くなりますが必ず家で食事をします。
何の日か知っていますよね？　すき焼き、希望です。
話したいこともあったりします。
滴〉

滴がデスクでそんなメールを打ったのは、午前の外来患者をすべて診療し終えた、午後二時過ぎのことだった。彼にだけではなく、旭川にいる良介の親たちにも連絡を取るなら、今がその好機のはずだった。

ただ、二人の結婚は未だに歓迎されていない。幾度か顔を合わせてみても、百田の母は滴と話そうともしなかった。滴も忙しさにかまけて、距離を縮める努力をしてこなかった。

昼休みがわずかでも残っていたことに感謝しながら、机の中の菓子パンをかじる。ほどなく、午後に予定されている胆石の腹腔鏡《ふっこうきょう》下手術に入る。通常なら一時間ほどで終わるはずだが、患部の癒着がひどければ、開腹手術に切り替えるため、四、五時間はかかる。

何としてでも早く帰りたいという気持ちになることは医者にだってある。往々にしてそんな日にミスや事故が起きるので、気を引き締める習慣は身についている。

医師にならなかった良介は、広告写真で知られる写真家の助手として、わずかながら給料を得るようになった。毎日、早朝から深夜まで準備や焼きつけを手伝ううちに、精も根も尽き果ててしまったのだろう。浪人を重ねて国家試験を受けることなど、すっかり諦《あきら》めてしまったようだった。助手をしながら、廃校、廃墟《はいきょ》などのテーマを見つけて自分の作品を撮影したいという意気込みも、いつしか失ってしまったように見えた。

二年ほどで独立はしたのだが、いくら新人賞を取ったとはいえ、若い才能は次々出てくる。四十代を目前にした良介には、数えるほどしか依頼はない。旅雑誌や週刊誌の撮影で旅に出る他、フォトバンクに写真を貸し出しているらしいのだが、収入も不安定だ。どこまでが仕事でどこまでが気ままな旅の時間なのかは分からないが、当直で泊まり込むことも少なくない滴とは、言ってみればすれ違い夫婦である。この頃はこうしてメールのやり取りでコミュニケーションを保っている。

滴はただ文章を送るだけだが、良介は時に、デジタルカメラで撮影した画像も送ってきてくれる。

前にも、すき焼きが食べたいとリクエストしたら、牛の画像が届いたことがあった。牧場なのか、緑を背景に、黒毛の牛が大きな口をあけている。

〈もーう、残酷ネ。
滴の病気に肉の取り過ぎはよくないよ。
リョウ〉

思わず、笑ってしまった。

滴はパソコンの電源を落とす。今日は何をしていても、顔が綻《ほころ》んでしまいそうだ。手術まであと十五分ほど時間があるのを確認し、紙パックに入った野菜ジュースを喉《のど》に流し込むと、エレベーターに乗って、小児病棟へ向かってみた。

紺色のカーディガンを羽織った少女が、点滴台を押しながら歩いている。小学生くらいだろうか。三つ編みのお下げがよく似合っている。パジャマ姿でヘッドギアをつけている子たちもいる。本来は十五歳までが小児科の範囲になるのだが、治療中にその年齢を超えることも少なくない。髭《ひげ》の生えた青年とすれ違って、驚くこともある。

両手を白衣のポケットに突っ込んだまま、廊下の角を曲がって突き当たりまで進む。

「こんにちは」

廊下で、パジャマ姿で松葉杖《まつばづえ》に頼って歩く子供に声をかけられた。

「モモ先生」

少年特有の高く澄んだ声で呼び、人差し指をこちらに向けた。患者たちからは、百田を省略して、そう呼ばれている。

「モモ先生は、絵本の『モモ』は知ってる?」と、彼は訊《き》いてきた。可愛《かわい》い、と胸をつかれる。妊娠を知ったせいではないだろう。病院で見ると子供たちの表情は余計に愛《いと》しく迫って来る。

小児病棟でも突き当たりのブロックだから、ここは小児がんや脳腫瘍《のうしゅよう》など重症患者の部屋だ。なぜ、こんな幼い子供の肉体が悪性の腫瘍に蝕《むしば》まれるのだろう。問いかけても、誰も答えてくれない。

「『モモ』って本、病院でもよく見るね。でも先生、なかなか忙しくてね」

しゃがんで手を握った。薬のせいなのか、消毒液で荒れてしまったのか、かさついた手は大人のそれのようだった。

「だったら僕の『モモ』、貸してあげてもいいよ」

子供は、無邪気に瞳《ひとみ》を輝かせる。彼に手を引かれるように病室に入ると、

「貸してあげてもいいよーって、お前の声マジうざい」

がらがらした声が聞こえた。

「ったく、なんで小児だけ個室がないんだよ?」

カーテンの奥の子供が舌打ちしている。

「そうか、個室希望か」

滴は、そっとその子のカーテンを開けてみた。天井を見上げて目を見開いている顔に憶《おぼ》えがあった。院内で幾度も見かけていたし、若い日の自分を思い出すのもいつもながら自然なことだ。

「ほんと、やだよね。こうやってセンセイは勝手にカーテンあけるしね」

子供はヘッドギアをつけた頭を器用に窓の方へと向けた。今はギアが彼の頭蓋骨《ずがいこつ》の替わりをしている。脳手術は、頭蓋骨を切り離し取り外して行う。医師として、別に驚くことはない。心臓手術中、心臓を止めることもある。代わりに人工心肺をまわし、再び自分の心臓を動かすときには電気ショックをかける。心臓の手術では切開した傷をすぐに縫合することができるが、頭蓋骨の骨と骨がつくまでには、半年、一年とかかるため、金属のギアをかぶってネジで止めておく必要がある。手術が一度で終わらない場合は、何度も開頭せざるを得ない。頭蓋骨というものはそもそも、脳にかぶせられているヘルメットのようなものであることに改めて気付かされる。

そんな医療知識が小児病棟の子たちにも浸透している。担荷で手術室に運ばれるときに子供たちがどれだけ心細いかと考えると、医者は誰でも胸が痛む。そのうえ、病院では期限のわからない共同生活にも順応しなくてはいけない。病と闘うだけで、身も心も精一杯のはずの若い人が、そこで虚勢をはるのは当然のことだ。

彼の枕元《まくらもと》の壁には、ハーレーのオートバイに跨《また》がった写真が一枚だけ勲章のように貼《は》ってあった。こんな病室の風景も憶えがあった。自分が入院していたときには、故郷の海で撮影した母の写真を貼っていた。

夕方から雨が降り始めた。冬に向かっての氷雨だったが、滴には雨音さえ浮かれ気味のアップテンポな曲のように心地よく響いてくる。

阿佐谷の自宅では、良介が白いTシャツにジーンズ姿で、セリや生麩《なまふ》を包丁で丁寧に切り揃《そろ》えている。若い頃よりはずいぶん太った。男が昔の作りの台所に向かうと、屈《かが》み込むような格好になるが、いつも鼻歌混じりに楽しそうに料理をしている。そんな作業が、きっと好きなのだろう。

百田家のすき焼きには、セリとごぼうと生麩が入る。甘いたれに意外に合う具を見つけたのも良介だった。

彼が、そこだけは張り替えたステンレスの流し台に手を置いて、滴を振り返る。

「どうしたの？　そんなにじろじろ見て」

良介は、冷蔵庫からビールの缶を出して手渡そうとする。

「今はいいや。やめとく」

滴は顔の前で右手を振る。

「余計に気持ちが悪いよ」

庭で飼っている柴犬《しばいぬ》のアキオが吠《ほ》えた。

もう三年、二人にとって子供代わりのように庭先に住んでいる。駅前の商店街にあるペットショップで、しだいに値が下がっていくのを見て、生後半年たったところを買って帰った。ペットショップの売れ残りが最後にはライオンの餌《えさ》になるのだという噂《うわさ》が、滴には忘れられなかったのだ。

「お前も行こう。散歩に行きたいでしょ」

滴は縁側に出て、アキオの頭を思いきり撫《な》でてやる。

「あのね、すき焼きは後にして、『吉』に行きたいんだな」

台所に立つ良介の背中に向かって宣言する。顔を見たら相好を崩してしまいそうなので、アキオを撫でているのは照れ隠しである。

「何だよ。滴が食べたいって言うから、慌てて用意したのにさ。あ、もしかして、飯食ってきたんだろう」

良介は、大きな手を紺色のタオルで拭《ぬぐ》う。丁寧に拭い、必ず自分の指を確認するようにみる。診療を終えてからカルテを書き込むまでの医師の一連の動作によく似ていた。

「いいから、行こうってば」

滴は良介の腰を玄関に押して行った。

赤い煉瓦《れんが》作りの壁に、「吉《グッドラック》」と文字をかたどったネオン管が灯《とも》っている。口髭を生やしエプロンをかけた、還暦を迎えた吉野晃三は、店を閉めようとしていたのか、表に出てきたところだった。

自宅からは、歩いて五分の距離だ。

滴と良介は、柴犬のアキオの散歩と称して、よくここまでやって来る。今日もアキオの爪がアスファルトにあたるこつこつという音が響いている。短い足で、力強くリードを引いていく。散歩が嬉《うれ》しくて荒い呼吸をしている。

昭和四十年代、ちょうど滴たちが生まれた頃にオープンしたこの店は、辺りでも最古参のコーヒー屋になろうとしていた。一軒家の一階部分が「吉」で、二階はギャラリーになっている。何度か良介の写真展を開かせてもらったことがあり、それ以来の付き合いだ。

木枠のガラス窓から、よく磨き込まれたカウンターを覗き見ることができる。

扉があくと、銅の鈴が鳴る。窓際《まどぎわ》にはテーブル席が二つ。毎朝決まった時刻にやって来る老人など、常連の指定席になっている。

今晩、流れているのは、ビル・エヴァンスだ。

『ポートレイト・イン・ジャズ』が、カウンターの内側の柱に飾られている。

今の若い人たちはあまりコーヒーを飲まないし、飲む場合にも外資系のチェーン店を選ぶようだが、だからこそ「吉」のような店を、インターネットで探してやって来る客もあるという。その割に、店主に気負いはなく、寒い日には店の片隅にアキオも招き、座らせておいてくれる。

「お二人揃ってなんて、こんな時間に珍しいじゃないですか」

エプロンをつけた晃三が、膝《ひざ》を屈めてアキオの頭を撫でる。

「じゃ、もう一杯コーヒーを入れましょうかね」

「悪いですね、吉野さん。何だか奥さんがどうしても来たいって言うもんだから」

良介は滴にまゆを顰《ひそ》めてカウンターを示すと、腰を下ろす。

晃三は、慣れた手付きでコーヒーカップを並べながら、シルバーの携帯電話を手に取った。

ほどなく、目鼻立ちのくっきりとした妻の吉野秀実も、淡い色に染めたショートカットのヘアスタイルに、グレイのカシミヤのタートルネックセーター、黒のスカートという装《よそお》いで現れた。

「お久しぶりじゃない。何だか私も実家の母の面倒を見ていたりして、なかなか店の方へは顔を出せなかったから」

ふっと晃三に顔を向けて、

「お給料、減ります？」と彼女が屈託なげに訊くと、それに応《こた》えるようにアキオが店の片隅の定位置でワンと吠えて笑いを誘った。

「お二人にも、ぜひ聞いて欲しくて」

滴がそう言うと、良介が怪訝《けげん》な様子で覗《のぞ》き込んでくる。

「一体どうしたの？」

顔をうつむけると、滴の中に育《はぐく》まれ始めた新しい命がとくんと脈うったように思えた。

「私、赤ちゃんができた」

短い沈黙が、三人の中に流れた。

「まあ、なんてことでしょう」と、両手を胸にあてたのは、秀実だった。

「いや、まったく驚かされるな」

晃三は、秀実と視線を合わせる。吉野夫妻の間に子供はない。秀実は若い頃から子宮筋腫が重く、今も、半年に一度滴の勤める病院で検査を受けている。

子供がない者同士、両方の夫婦は休暇を合わせて一緒に温泉旅行に出かけたり、築《つき》地《じ》に寿司《すし》を食べに行ったりしていた。

知り合った当時、すぐ近所の味気ないマンションに住んでいた滴たちに、古いがよければ安くするからと、晃三の父親の持ち物だった築三十年になる平家を貸してくれた上、ペンキを塗ったり、棚をつけるのを手伝ってくれた。

「ひどいじゃないか」

良介はため息をつく。

「なんでそんなこと、ここでいきなり言うんだよ」

「もう喉まで出かかっていたのを、ずっと我慢してたんだから。疲れちゃったわ」

晃三のいれたコーヒーが四つ、今となっては珍しい分厚いベージュ色のカップ&ソーサーでカウンターに並べられる。

「照れくさかったのよ。……それに、怖かった」

良介の耳元で囁《ささや》いた声は、小さすぎて聞こえなかったかもしれない。

「滴さん、良介、おめでとう」と、普段大袈裟《おおげさ》なことが嫌いな晃三が、二人に握手を求めて来た。

外の雨音が、急に店内に響いた。


店を出ると、雨が上がっていた。雨に洗い流された夜空には澄んだ空気が広がり、丸い月が輪郭をくっきりと見せている。珍しく、腕を組んでみた。夫は嫌がらないが、格別嬉しそうでもない。結婚して十年になるのだから、そんなことに一喜一憂はしないだろうが、今日ばかりは肩透かしを喰ったような気持ちになる。

「ねえ、良介、ツーリングへ行かない？」

「こんな時間に？　俺は腹が減りました。それに、またそうやってすぐに無理をする癖はよくないよ」

「だって、胸がいっぱいじゃない。私、あんまり幸せに慣れている質《たち》じゃないものですから。すみませんね」

夫の瞳の中に、自分が揺れて見える。出会った頃、よくそう感じた。

「今、小児病棟にいる子がね。枕元にあなたと同じハーレーの写真を貼っていたわよ。脳腫瘍の再発で戻ってきて、頭にギアつけたままもう十六なんだって。重いんだろうけど、ヘルメットかぶっているようなもんか」

「……走ろうか。いいよ」

良介は言った。医師にはならなかったが、患者についての話を短い説明でだいたい理解してくれるのが有り難いのだ。腫瘍が再発するということは、彼には殊更《ことさら》重たく響くだろう。この後どんなに治療を続けても、延命はできるが根治する見込みが多くないことを知っている。

自宅までの道を戻り、さらに五分ほど先のガレージまで並んで歩いた。月明かりに影法師が二つ並んでいる。

「嬉しい、よね？」

「もちろん」

うつむく良介の、どこか醒《さ》めたような反応は、滴には意外であった。

「本当に嬉しい？」

「……だけど、何だか信じられないような気持ちなんだ」

「言ってあげてよ、嬉しいって」

すでに、自らの身は自分一人のものではなく重い責任を抱えているのだという本能的な自覚を萌《きざ》している。だがまだ半分は、多忙な医師のまま突っ走ろうとしているようでもある。じっとしていたらいいのに、何か無茶をしてしまいたい衝動にかられる

鍵《かぎ》で開けた。

のである。

ガレージの扉を、良介がキーホルダーの束から選びだした鍵《かぎ》で開けた。

照明を灯すと、二台の黒いオートバイが並んでいる。

良介は1200ccのハーレー、滴が1000ccのVマックスに乗っている。良介と一緒に走りたくて、滴も五年前に必死の思いで免許を取った。

手術をしてから五年の間は、自分の体とおそるおそる付き合っていた。乳がんにおけるがん細胞は、すでにしこりを離れて全身にばらまかれていることが多い。再発するかどうかは、誰にもわからない。体のどこで再発するかもわからない。その恐怖を忘れたくても、いつも目前に病人がいて、病気と直面せざるをえない。医者は因果な仕事だとつくづく思う。

それでも三ヶ月に一度、半年に一度と定期検診をクリアしていくうちに、自信がついてきた。

病の恐怖に取り憑《つ》かれてはいけない。「せっかくもらった二度目の人生なのだから、気分を切り換えて楽しく生きていきましょう」と、滴も大病をした患者に話している。

五年目の検査がクリアできたら、大型バイクの免許を取ると自分で決めて、ひそかにイメージトレーニングを続けていた。

運転に自信があるわけではないが、今では何とか遠出もできる。免許を取った滴を、良介は手取り足取り教え、たった一人のツーリング仲間にしてくれた。ガレージにはそれぞれの革のライダーズジャケットや、ブーツが置いてある。

「これ、結婚十周年の祝いに買っておいた。グローブ」

茶のなめし革の手袋が良介から渡された。

「女物のグローブ、なかなかないからさ」

手にしっとりとした感触を残す柔らかいグローブだった。

「滴は、指が商売道具だから。まあ俺もだけど」

医学生時代は、二人でぼろ切れに針を刺し、運針の練習をしては壁に飾っていたものだ。運針をはじめ、化学や生理学の実習では良介の方が上だった。

良介は今、その分器用に料理をする。

「大丈夫かな、こんなに幸せで」

手袋を頬に当て、滴が繰り返す。革の匂《にお》いが噎《む》せ返るように鼻をつく。

「何だか私の人生っぽくないのよ」

「もう悪いことはみんな終わったんだろう。これからは、いいことばかりあるんじゃないのかな。赤ん坊がきっと、別の人生を連れてきてくれるんだよ」

良介は古いグローブで拳を作って、滴の頭を軽くこづいた。

「体の中から病の気配がすべて消え去ったから、妊娠だってできたんだと思ってる」

滴は自分に言い聞かせるようにそう口にして、ひんやりとしたシートにまたがり、キーを差し込む。どんなに久しぶりでも、キーがなめらかに動くのは、良介が手入れをしてくれているからだ。油の匂いがする。

ガレージから続く道を、外灯の光を目ざすように最初に出て行ったのは良介で、滴もブーツを履いた左足でシフトレバーを踏む。二台のオートバイは、エンジン音を響かせながら、夜の濡《ぬ》れた道を走り始めた。夜の海のように、路面は輝やいて見えた。

湾岸道路に乗って、幕張の海岸まで飛ばして行こうとコースを決めた。その頃には腹が減って、帰宅した二人は猛烈な勢いですき焼きに飛びつくだろうか。

学生時代には、高価なすき焼きの肉などとても食べられなかった。

月が満ちた。そんな夜だった。

2

幼い頃は、すべてが新鮮に思えた。

夏休みに、母の郷里の奄美で毎日海に潜っていた、何をしてもふわふわと雲の上を歩いているように楽しかった頃のことを滴は妊娠してから幾度も思い出す。

空腹になると悪阻《つわり》はあるが、それも体内で確実に育っている新しい命との貴重なコミュニケーションだ。

朝は、コーヒーだけではなく、りんごを一つ剝《む》き、四つに大きく割ったものをすべて、身支度をしながら食べると調子がいい。

まだ薄暗い早朝の台所に、りんごの香りが漂うのも悪くないと、滴は思う。

ところが今朝、台所で右手の親指を切ってしまった。

妊娠は三ヶ月を過ぎ、腹がかすかに張るようになっていた。

目覚めの時の悪阻が一番たちが悪い。とにかく食べ物を口の中に放り込もうと、りんごの皮を剝こうとして、手をすべらせた。指の第一関節に鮮血が浮かび、唇に運ぶと、鉄の味がした。

「今、指、切ったろ」

良介が近寄ってきた。リビングでジュラルミンのケースの中の機材を確認していたから、撮影に出かけるつもりなのだろう。

「ぼんやりしていたのかな。いやね、この冬は、あなたも私も指を切ったわ」

滴は横に並んだ夫を見上げた。良介は、蛍光灯の下で滴の傷を確かめる。

つい先週、良介は仕事部屋で機材の手入れをしていて、親指を深く切った。止血だけして、勤務先の病院へ向かうと、神経まで傷つけていたことが分かった。

「俺が代わるよ。気を付けなきゃ」

生成りのセーターの腕をたくしあげ、良介があっという間にりんごの皮を剝き終えた。塩水につけ、皿に並べる。自分でもひと切れ、口の中に放り込んでいる。出会った頃より背中や腹周りにぜい肉が増えたのは確かだが、腹が突き出ているわけでもなく、皮膚にはりがあり、年の割りにはきれいなスタイルを保っている。顔中髭《ひげ》を生やしていたこともあったが、最近はこざっぱりとそり落としている。

滴の妊娠を知ってから、変わったのはそんなところだろうか。

リビングの椅子《いす》の背にかけてあったスエードのジャンパーを着込む。

「屋久杉《やくすぎ》の撮影、五日くらいで戻るつもりだけど。大丈夫だよね？」

「今更何よ。ご心配は無用です」

「心配せずに行こうとしたら、朝からドジな人がいましてね」

　昨夜、二人は久しぶりに交わった。安定期に入るまでは性生活を避けるようにと、妊娠出産の指導にはあるが、滴は良介が欲しくなった。妊娠前期に特有の欲望の高まりを、自分の中にも見つけていた。

　ベッドの中でそっと手を伸ばすと、夫はそれに応えた。激しく交わりはしないが、二人の声を体内で赤ん坊が聞いているようで、神聖な気持ちになった。自分は子供ともはや一体なので気にならないが、良介には勇気がいったのではないだろうか。

「私は今日、検診なのよ」

　撮影の具体的なスケジュールや宿泊先は、知らない。訊《き》いても曖昧《あいまい》な返事しか返って来ないので、尋ねなくなって久しい。

「バイクで行くつもりなのかな？　そんなにマフラーをぐるぐる巻きにして」

　良介は一瞬顔をあげただけで、鼻歌を唄《うた》っている。もしかしたら、自分でも予定は決めていないのかもしれないと滴が思うのは、こんなときである。

「お金は、足りる？」

良介が片目をつぶり気味にして、ばつが悪そうに頷《うなず》く。

「少し、預かっておいていいかな」

滴が、引き出しに収めた封筒を手渡す。常に十万円ほど手許《てもと》に用意してある生活費は、いつでも使っていいことになっているが、彼がそれを勝手に持ち出すことはない。

「この間の出版社がなかなか払ってくれなくてさ。どこも不景気なんだよな」

十万円を目で確認して、なお瞬《まばた》きを繰り返している。

「足りないようなら、銀行でおろして行ってくれる？」

滴は、財布から、医者としての給料が預金されている銀行のキャッシュカードを渡す。こんな調子で、子供が生まれても大丈夫なのだろうか。不安がないかと言えば嘘《うそ》になる。

それでも、黙って送りだすと、良介はきっと旅先から、伸びやかな気持ちの伝わるメールを送ってくるのである。夫が自由に羽ばたくのを、ずっと許して来た。許せるのは、夫の肌や唇に、四十歳を目前にした今も自分の体がときめきを覚えるのを認めているからだ。片胸を失った肉体を愛してもらっているという女としての後ろめたさもあったろうか。

それにしても、良介が金の援助を求めるようになって五年は過ぎたのだ。もはや良介を取りまく状況が好転することを望むべきではないのかもしれない。

結婚前に言っていたように、本当にジョン・レノンになるつもりなの？　もう少し経《た》ったらタイミングを見て切り出さねばならない。いや、それはそれで、外科医を続けるつもりの滴には好都合なのだが。

結婚指輪の代わりに揃《そろ》いで買ったハミルトンの軍用時計に目をやると、良介はひと足早く家を出た。

皿にのこったりんごを食べ終えると、さきほどまでの嘔吐《おうと》感《かん》が嘘のように引いていった。お腹の子も、臍帯《さいたい》から養分を吸収した。つまり、食べたんだなと思うと、頬が弛《ゆる》んだ。

不安がないわけではないが、この喜びに較《くら》べたら、良介のことなど大した問題ではない。滴は、いつものようにそう心の中で強がって、りんごを載せていた皿を冷水で洗った。

産院は通勤路の途中に見つけた。自分の勤める病院で出産するのは気が重かったし、同僚たちからも、自分の病院で産んだという話はあまり聞かない。

この産院の評判は、時折耳にしていた。吉野秀実からも、聞いたような気がする。

子宮筋腫《きんしゅ》などの持病のある妊婦を積極的に受け入れてくれる女の医師がいるのだ、と。「妊娠ができる体とは、基本的に健康なのだ」という医師の持論をホームページでも確認すると、滴は自分が同業者であることも忘れて、そのメッセージにすがるような思いを抱いたのだった。

写真で見たブルーの外壁が海のようで、それも気に入った。

滴の跨《またが》るオートバイはゆっくりと青梅《おうめ》街道を駆け抜けていた。この通りには、両サイドに長く続く見事な欅《けやき》の並木がある。無機質なビルディングに挟まれた甲州街道とは、様相の異なる風景を切り取る道だ。

悪阻が始まってからは、満員電車の人が放つ体臭や口臭がひどく気になり、良介の反対を押し切ってオートバイ通勤をしている。

腹をかばうようにシートに深めに座った滴は無意識のうちにフルフェイスのシールドをあげる。左手でクラッチレバーを握り、左足でギアを上げていく。はじめは一つ一つ頭で確認しながらぎこちなくしかできなかったオートバイの操作が、今では自然にできる。体全体にエンジンの振動が伝わっていく。カーブで倒した体を、またゆっくりと起こしていく。

ブルーの外壁の色が、ヘルメットのフレーム越しにも見つけられた。二階には病床があるのがわかる。歩道の段差を乗り越し、エンジンを停めた。シルバーのヘルメットをハンドルにぶら下げ、オルゴールの音色が流れる院内へと入っていく。

受付に診察券を出すと小水を取るように指示されるのは、今後も検診のたびに続くようである。

紙コップを指定された場所に置き、ゆったりとした木目調の座席の並ぶ待合室で、順番を待った。診察室に出入りする妊婦たちの表情が穏やかで、大病院のように病の気配が濃くないのが、不思議な感じがする。

それにしても、と、尿検査が示す数値から判断できる症状を、滴は無意識に頭の中で並べている。たんぱく尿なら腎症、尿糖なら糖尿病といったところだ。尿検査ではがんの所見は出ない。検査といっても身構える必要がないことにほっとしている。

今日は当直なので、午後に出勤すれば間に合う。

ふと、中央の楕円形《だえんけい》のテーブルに、妊婦向けの雑誌や専門書に混じって絵本の『モモ』が置いてあるのを見つけた。

滴は、作り話をあまり読まずに生きてきた。この本の名前くらいは聞いたことがあるが、手にしたのははじめてだった。

ミヒャエル・エンデという人が著者だ。たぶんドイツ人だろう。大人向けのように も見える細密なエッチング画で描かれた絵本は、手にするとずっしりと重く、これを あの体力の落ちた小児病棟の子が読んでいたのかと思ってしまう。

オレンジ色の箱に入った絵本を取り出してみる。

主人公は、くしゃくしゃの黒髪の、真っ黒な目の女の子である。家族はなく、一人で街の円形劇場に暮らしている。誰の世話にもなりたくないと、施設から逃げ出して来た。

モモはまだ小さい。モモはあまり話さない。

だが街の人々はいつしかモモの許を訪ねては、彼女に自分の話を聞いてもらうようになる。モモは返事をするわけでもなく、黙って聞いているだけなのに、なぜか皆、心配事から解放されるようになる。モモの深い目に見つめられているうちに、自分で答えが見つかったような気になる――。

くしゃくしゃの黒髪に真っ黒な目だなんて、容姿だけ見ると本当に自分に似ているんだな、と思う。普段あまり本を読まない滴にもその本の文章はすっと入って来た。

「百田さん。百田滴さん」

まだ五分の一も読み進めていないところで、名前が呼ばれた。慌《あわ》てて箱に戻し、診療室へと入った。

「悪阻はありますか？　仕事もしているのかな？　百田さんは」

色白でショートカットの年嵩《としかさ》の医師は、そう尋ねながら、滴の顔色をさりげなく確認する。白衣の下はオフホワイトのスラックス姿である。大きな目の回りや手にも細かな皺《しわ》が無数に寄っているところからすると、ひと回りは上だろうか。壁に掛けられているアメリカの大学院の卒業証書が、年齢が想像通りであることを知らせてくれる。

職業柄、無意識にそうしたものを目で追ってしまう。

「何とかやってます。通勤の時間帯もイレギュラーだし、家からもそう遠くないので」

問診票には、面倒なので医師とは書かず、会社員と記入した。

わざわざ勤務先とは別の産院を選んだのだ。妊婦として出会える新鮮な喜びは、すべて逃すまいと滴は貪欲《どんよく》だった。

「立ちくらみなども、特には起きていないみたいね？」

医師は尋ね、カルテに向かったまま、手で事務的に体重計の方へと促す。

身長百六十センチ、体重は四十九キロ。高校生の頃からずっと変わらぬ体重が、一キロほど増えていた。

看護師が、滴を診察台へと促し、カーテンを閉める。滴がジーンズや下着を脱ぎ、足を広げて台の上に座ると、台座が上昇していく。ぜい肉のない痩《や》せた体の医師が、半透明のビニールの手袋をつけて、台の正面に座っている。丸いマイクのような形のエコー検査用のプローベが体内に入れられ、モニター画面が見せられる。

「問題ないわね。少し、ほら、動いているのが見えてきたでしょう？　このどくどく鼓動している部分が、心臓ですよ。十三週め、順調です」

「私の、赤ちゃん」

上半身を起こした瞬間の滴の姿は、すでに医師のそれではない。

心臓が、確かに小さくひくつくように鼓動のリズムを刻んでいた。

私の体の中で、もう一つの心臓が鼓動している。かつて実習などで幾度も目にしたはずのその画面に、滴は深く見入る。

赤ちゃん、という言葉が、はじめて自分の中に染《し》み込んできた。母親になるのではなく、母親なのだという感慨に包まれていく。

どんな職業にあっても、女であることに変わりはなかったのだ。あまりにもありきたりな言葉が浮かび、滴は頬を赤くする。モニター画面に向かって、ママですよ、と、小さく声をかけていたのだから。

診察台から降りると、モニター画面がモノクロームの用紙にプリントして渡された。

「百田さんは、年齢が三十八歳ということなので、もう少し月が進んでね、もし染色体異常などが心配でしたら、検査も受けられますからね。まあ、それは任意のものなので、その時に、百田さんが考えて決められたらいいです。特に持病もなかったようですしね」

医師はカルテをペンで確認しながら聞く。

その時、右手の傷が少し痛んだ気がした。朝、刃物で作った傷だ。

「染色体異常がわかると、中絶する人は多いんですか?」

滴は返事をする代わりに訊《たず》ねている。

「そうね、色々ですけどね」

乳がん患者であったことはもちろん頭をよぎったが、もう十四年前になる。がん経験者ではあっても、自分はもうがん患者ではない。五年、十年と時が経ったときに、自分たちでそう決めてもいいのではないかと良介と話し、オートバイの大型免許を取ったのである。

滴は普通の妊婦になりたかった。いや、健常な妊婦であることを、モニター画面が教えてくれているはずだ。

「年のわりに元気なんですよ。何か見つかったからといって、今更、中絶はできないので、検査はしません」

医師はペンを持っていた手を止めて、滴と目を合わせた。片方の眉《まゆ》を内側に寄せたその表情はまるで、軽率なことを簡単に口にするなと言っているかのように見えた。

「じゃあ、特別に何もなければ、また一月後にいらして下さい。そろそろ、食欲が出て来たでしょう?」

滴は、素直に頷く。

「ただ、ここであまり体重を増やしてしまうと、のちのち妊娠中毒症になったりすることもあるのでね、まあ、最終的に八キロ増というのを目安にするようにして下さいね。今は小さく産んで大きく育てるのが主流ですから」

「母子手帳も、そろそろもらっておきましょうか」

帰り際《ぎわ》には看護師にそう言われた。

こうして新鮮な喜びに一つ一つ触れられていることが、滴にはひたすらに愛《いと》おしかった。

検診を受けてからは遅い時間になっても、机の上で適当に済まさずに、カフェテリアできちんと昼食を取るようになった。

外が大雨になった今日は、院内にも湿気がこもって感じられる。

メニューの中から、ハンバーグライスを注文する。

この頃は、産婦人科医が言っていた通り、空腹に追い掛けられるように食べている。食べる量が、男の良介と同じほどにまで増えている。

あっという間に食べ終えて、食後の紅茶を飲みながら、院内の図書館で借りてきた『モモ』の続きのページをめくった。読み始めた本を途中で投げ出すのは好きではない。先が気になって仕方がないのに、患者が次々に挨拶《あいさつ》に近付いて来る。

「先生、本当にお世話になりました。ようやく退院できることになりましたので」

そう言って深々と頭を下げたのは、ひと月ほど前に交通事故で運ばれて来た急患の母親だ。彼女の後ろでは、車椅子《くるまいす》に眼帯という姿の青年がこちらを見ている。左眼球に深い損傷を受け、角膜が傷付いていたが、ガラスが刺さったままで搬送されたのが幸いした。慎重にガラスを抜いて縫合したことで、奇跡的に失明を免れた。

執刀にあたったのは滴ではなく眼科医だが、その日当直をしていた滴は母子《おやこ》のことをよく憶《おぼ》えている。母と息子の二人で暮らしてきたのだそうだ。

「もう一度頂いた生命《いのち》ですよ。無茶はしないように」

滴は本に手を置いたまま、そっと声をかける。

「本当に」

母親が、心配そうに息子のことを振り返る。

息子の顔色は、ずいぶんよくなった。

「お母さんにも、ずいぶん心配かけちゃったね」

病院に駆け付けてきた時、母親は混乱して滴の白衣の裾《すそ》にしがみついたまま、気を失った。母親にベッドを用意するよう指示したのも、滴だった。

「……先生も、単車乗ってますよね。この間俺、病室の窓から走ってるところ、見ちゃったから」

「シィー、病院では、一応医師のバイク通勤は禁止なんだな。学校みたいね」

滴は唇の前に指を立ててみせる。

入り口をふと見ると、白衣の人影が立っていた。

保井きり子が、向かいの席に白衣の裾をなびかせて座る。

最近はすれ違いになることが多い。検診の日から、モニターに写った子供の画像を、滴は白衣のポケットに収めたままだ。きり子には見てもらいたいような気がしていたが、彼女は病人よりも蒼白《そうはく》な顔をしている。今日もまた、患者たちが連れて来る病と闘ってきたのだろう。

最上階にあるカフェテリアの窓辺からは、新宿の景色が一望できる。高層ビルがでこぼこに入り組んだ、大都市ならではの光景が眼下には広がっている。

「保井が、和彦が、しばらくボストンに滞在したいんだと言い出したんですよね」

きり子は翻訳者である夫の名を口にして、目を遠くに泳がせる。

「急に、またどうして？　それとも、急じゃないのかな」

彼女は答えない。

「保井先生は、どうなさるつもりですか？　一緒にいらっしゃるとか？」

「行けませんよね。百田先生はまもなく出産休暇に入る。私は夫についていくなんてことになったら、これだから女医は、なんてことになりますよ」

敢《あ》えて「女医」という単語を自嘲《じちょう》的に使い、保井はテーブルの上で両手を組む。日に何度も何度も消毒液で洗うので、医者の指はみんな脂《あぶら》っ気がない。

滴は、中央の席でさきほどから談笑している部長たちの様子を見やる。大学病院の激烈さとは別としても、こうした病院でも出世争いがある。

そして、この病院には、女の部長は一人もいない。

「これで本当に、もう子供は産めないだろうな」

保井は遠くをながめながら言った。

「何だか、百田先生のお話以来、考えてしまうんですよね。夫婦で話し合おうかなって思っていた矢先のことだったから、まあ向こうと私とでは考えが違うんでしょうけれど。女がいるのかもしれないし、そのまま私たちは自然消滅ですか」

白衣のポケットに両手を入れ、首を斜《はす》に傾《かし》げて力なく微笑《ほほえ》んだ。

「まだ話し合う余地があるなら、すぐに結論は出さないで。産んだら、私の方はすぐに復帰しますよ。任せて下さい」

腕時計で午後の手術までの残り時間を確認し、残りの紅茶にミルクを加えて飲み干した。


手術を終了したのは、午後の八時だった。

虫垂炎のはずだったが、炎症は癒着がひどく、腹腔鏡《ふっこうきょう》下手術は、急遽《きゅうきょ》、開腹手術へと切り替えられた。

モスグリーンの手術着を着せられ眠っている患者の患部を、六球の無影灯が照らし始めると、メスを手にしていた滴をはじめ看護師までが、声にならぬ声を漏らした。

想像以上に腫瘍《しゅよう》に蝕《むしば》まれていた。腫瘍は、腸からリンパへと広範囲にわたって広がっていた。めったに発生しないが、盲腸にもがんはできる。すぐに連絡を取り、がん専門外来の医師が駆け付けると、共同態勢ですべての腫瘍箇所の摘出を行った。摘出した腫瘍は、すぐに病理に回され、迅速診断にかけられた。

迅速診断の結果は必ずしも百パーセント正しいとは言えないが、今回の腫瘍に関しては、外科医の目にも、悪性の進行がんだと分かる。

術後、息を吐く間もなく、患者の家族に状況を伝え、今後の治療法を決めるのも医師の仕事である。最初の執刀医である滴が、ここでは担当ということになる。

患者の妻は月の進んだ妊婦だった。白いTシャツにコットンパンツ姿で、頭にはバンダナを巻いている。

「座りましょうか」

滴は彼女を促した。もう何度、こんな風に患者や家族と向かい合ってきたのか、数え切れない。家族を安心させられる報告であったことの方が、ずっと少ない。

「手術中の迅速病理診断が出ました」

滴は運ばれてきたカルテを見る。間違いであって欲しいという気持ちを込めて、もう一度ペンでその表面をなぞってみる。

人間は、嫌なことは忘れない生き物だとつくづく思う。

二十四歳で、はじめて自分が乳がんの告知を受けたときの銀ぶち眼鏡の医師の応答は、今でも印象に残っている。「それがですね」と、声を低くさせたので、何か悪いことなのだということは伝わってきた。「がんが、出たんです」と、そのとき医師は「出た」という言葉を使った。医師も、滴の年齢から、当初は良性のしこりだろうとたかを括《くく》っていたようだった。そこから後は、どうやって下宿していたアパートの二階の部屋までたどり着いたのか、まったく記憶から抜け落ちている。気がついたら、真っ暗な自分の部屋の電話の前に足を投げ出して座っていた。途中、良介の部屋に電話を入れたらしかった。留守番電話のメッセージを聞いたと良介が慌《あわ》てて部屋にやって来た。ただ言葉もなく、ずっと抱きしめていてくれた。良介の体から汗のような匂《にお》いと、当時は吸っていた煙草《たばこ》の匂いが少しした。髪を幾度も撫《な》でられた。こんなとき、良介はいつもよりもっと穏やかに慰めてくれるんだなと思ったものだ。

「悪性の可能性が高いです」

滴は医師として静かに告げた。

「それは、どういうことですか？」

患者の妻は、穏やかな表情を浮かべた。

「虫垂炎だと思って手術を始めましたが、腫瘍がありました。病理診断の結果次第では、進行性のがんの疑いがあるということです」

滴がゆっくり告げると、妻は幾度か落ち着かなく瞬《まばた》きし、いきなり笑い出した。

「でしょう?」

ふっくらした手で、口元を抑えた。

「だから私、主人に何度も言ったんです。盲腸がそんなになるなんて変だって」

町の病院から紹介状をつけて回されて来た。抗生物質の薬が切れると腹痛を訴え、また点滴を受けてはよくなりを繰り返してきた患者だった。

「いっつも私の言うこと聞かないから……」

妻はそう呟《つぶや》くと、ハンカチで顔を抑え廊下に出て行った。

目を醒《さ》ました患者本人に、やがては同じことを告げねばならない。これでようやく病気から解放されると希望をもって目を醒ます、本人に。苦々しさにまた包まれそうになり、当直室に戻ると、しばらく机に向かったまま呆然《ぼうぜん》としていた。

空腹が再びやって来て、滴は洗面台に向かうと吐いた。何か食べなければと、机の中にしまってあったバナナを続けて二本、口の中に詰め込んだ。

ノートパソコンを立ち上げる。

製薬会社からのリリースに混じって、〈RYOSKE〉の文字がある。

〈滴へ
神戸へ立ち寄りました。

こちらは急に雪が降ってきて、なかなか見事な景色です。

一緒に来たかったね。

リョウ〉

返信を書きたかったが、やめておいた。メールはこんなとき、気が楽だ。すぐに返事をしなくても許されるし、相手にこの疲労感を伝えずに済む。

机に向かって絵本の続きのページを開いた。

物語には、やがて時間どろぼうが登場する。モモは、本当は、時間どろぼうから盗まれた時を人間に返してくれる女の子なのだ。

時間どろぼう――。病気というものは間違いなく時間どろぼうだ。

誰か、私に時間を返して。告知を受けた滴は、何度心の中で叫んだかしれない。

小児の患者が大人には計り知れない時間軸を有しているのを垣間見る《かいまみ》ことがある。医師たちが口にする言葉の裏側を読み、表情を読み取り、時には大人以上に物わかりがいい。

誰か彼らに、時間を返してやれないものか。わたしも今、モモが欲しい。

院内専用のPHSが鳴った。さきほど手術した患者が目を醒ましたという看護師からの連絡だった。

白衣のボタンをとめながら、廊下を歩く。

どう切り出そうか。

腫瘍ができていて、すでに臓器のあちらこちらに転移をしている、と正直に伝えたら、患者はその瞬間に奈落《ならく》の底に落ちる。

外科部長の諸井正二からは、手術が終わった後にこう耳打ちされている。

「がん外来の方に回ってもらえるように説得してもらいたいんですね。症例としても珍しいし、専門医たちも任せてくれるようにということです」

つまり、患者をこの病院で捕まえておくようにという上司からの指示である。抗がん剤治療は病院にとって収入源でもあるという事実は否《いな》めない。

こんなとき、滴は良介が羨《うらや》ましくなる。気が向くままに旅をして、雪がきれいだ、季節外れの花が咲いた、などと報告していればいい。

唇をすぼめて短く息をはき、病室のドアを開けた。

治ったらまた登山がしたいと言っていた三十二歳の患者が、まだ麻酔も残っているだろうに、緊張した顔でこちらを見上げていた。隣で泣く身重の妻が、何か話してしまったらしいことを、滴は察した。彼女も、プレッシャーに耐えられなかったのだろう。

「とにかく、明日の正式な結果を待ちましょうよ。今日はゆっくり寝て下さい。痰《たん》がたまったらナースコールを押して下さいね。麻酔が完全にきれるのは明朝です。それまでは少し息苦しいと思うけど、がんばらなきゃ。奥さんも赤ちゃんも、ほら、がんばってますから」

滴は患者の肩に手を置いた。

「妊娠は何ヶ月？」

「八ヶ月です」

廊下に出て泣きじゃくっていた妻は答える。

「そう、楽しみですね」と、口にしている自分に気付く。

何とか、間に合うだろうか。

あと二ヶ月。患者が子供を抱くまでは、生かしてやれるのだろうか。

最上階から階段を登って、屋上に逃げた。

金網に手をかけて空を見上げた。さきほどまでの雨で今日は雲があるのか、または排気ガスによるスモッグなのか、月は朧《おぼろ》げにしか見えない。

すべての病気が治せるなら、どんな努力でもしてみせる。

男の医者のように、学会のゴルフや製薬会社からの接待に喜んで馳《は》せ参じることもない。

治療を早く切り上げてまで、帰宅したいと思うときには、自分の心が弛《ゆる》んでいることへの警鐘が鳴っているように感じる。小さな病床で、病と闘っていた母を見て育った。自分もがんを経験したから分かるが、患者から見れば病気と向き合う覚悟としては、それでもまだ甘いと思うことがよくある。

だが、こんな日には、やめてもいいのかなという気持ちがよぎる。やめたくなる。せっかく子供を授かったのだ。良介と子供と三人で、静かに暮らすという生き方は夢でしかないのだろうか。安定した収入がない夫は、この先父親としてどう行き先を定めるつもりなのだろう。「ちゃんと、訊《き》かなきゃな」と思わず呟いた。

余命　71

「死んだの、また誰か？」

そう突っかかるような声に振り返ってみると、金属のヘッドギアが目に入った。暗《くら》闇《やみ》の中で一瞬、亡霊に出会ったような気がしたが、すぐにモモ少年と同室の木梨三千《みち》男《お》という小児患者であることがわかった。こんな塞《ふさ》いだ気分のときに、会いたくない面倒な患者だった。

再発した脳腫瘍の手術をまだ受けてくれないため、抗がん剤の投与で経過の収まり具合を見ていると、先日、保井から教えてもらった。

大きくて黒々とした目が印象的な、精悍《せいかん》な顔立ちをしている。

「死んでないけど……君は、賢そうな顔をしているね」

滴は、そう言って笑いかけながら、冬の風に吹かれて三千男の鼻先が赤く染まり、目が潤《うる》んでいくのを見ていた。パジャマの上にダウンジャケットを羽織っている。

ここは金網には囲まれているが、リニューアルのときに屋上庭園と名付けられた芝のスペースや、喫煙のためのベンチシートなどがあり、昼間は多くの患者とその家族の憩《いこ》いの場になっている。滴は当直の夜に、時折一人でこうしてやって来る。

「今日は月も星もよく見えないし、面白くないよ。早く病棟に戻らなくちゃ、風邪を引くんじゃない？」

彼は先週、同室のモモ少年を相手に院内でちょっとした騒ぎを起こした。騒ぎを聞いて保井が駆け付けると、三千男がモモ少年の松葉杖《まつばづえ》を奪い、目の前にぶらさげて遊んでいたのだそうだ。

モモ少年は、血液のがんである白血病により、今は骨の痛みを訴えている。両親は骨髄移植を望み、適合するドナーを待っている。

廊下で言葉にならないほど大きな声をあげて泣いていたのは、モモ少年だった。

「トイレに行きたいから早く松葉杖、返して」

そう言って泣くモモ少年を、彼は廊下に這《は》わせてからかい続けた。

駆け付けた保井が杖を取り上げ、モモ少年に渡した。彼は杖を操って急いでトイレへ行こうとしたが、パジャマ姿のまま慌てて転んだため、床に小便を漏らしてしまい、また泣いたという。

看護師たちが、モモ少年をトイレに連れていって、着替えを手伝ってやったが、その晩はずっと泣いていた。

「どうして、あんな小さな子に八つ当たりするの？」

思わず保井はそう言ってしまったという。

「俺はあいつと違って、もう十六で、なんだってわかるんだから」

三千男は、そう言って口答えをした。

「あの子だって、もうなんだってわかって、一所懸命我慢しているんだと思うけどね。そうは考えないんだ？」

ついそう口にして怒鳴ってしまったと、保井は落ち込みを隠さず、滴のところにやって来た。子供の気持ちを理解するのは難しいと下唇を噛《か》んだ。

「喧嘩《けんか》はほどほどにね」

滴が覗《のぞ》き込むと、

「もう、同じ部屋にはいないからね」

そう言い捨てて帰りかけたが、立ち止まって付け加えた。

「先生も、がんだったって本当ですか？」

長く入院している患者たちは、どこから聞くのか滴の病歴を知っている。

「そうそう。あたり！」

わざと人さし指を立ててみせる。

「だけど、今はバイクにも乗っててさ。医者もできて、先生はいいよね。そんな風に治るなら、俺だって何だってするけど、もう治らないでしょ？　それをずっとあの女にも言ってんの。だったらこんなヘッドギア外して欲しいし、後は好きに生きたいんだよ。わかるでしょ」

「保井先生のことを、あの女だなんて、言ってはいけませんよ。それ、ヘルメットだと思って我慢したらいいじゃないの」

ヘッドギアを指さすと、全身に長い一日の疲労が広がるのを覚え、三千男を促して階下へ降りた。

当直明けで、滴は「吉」に立ち寄った。店の前は朝の掃除をして水撒《ま》きをしたばかりのようだった。

コーヒー一杯が、前夜の疲れを消し去ってくれる。丸いガラスのパーコレーターが水を吸い、噴き上げて立てる独特の水音に気が弛んで、睡魔が襲ってくる。

「ほっとするな」

晃三の前のカウンターに座った滴は、独り言のように口にした。

昨日の手術の光景が今も彼女の脳裏を掠《かす》めている。麻酔をかけられ、手術台の上に載せられた三十二歳の男の体の内側。場所が虫垂であったために、通常のレントゲンやエコーでは見つけることができなかったようだった。長さわずか八センチほどの虫垂の表面が、転移した腫瘍《しゆよう》で赤黒く膨らんでいた。まるで、そのがん細胞が、今にも自分の内側に入り込んできそうな錯覚に襲われたものだ。

錯覚?

ふと、カップをソーサーに戻した。

思えば、もう三年ほど、滴も検査を受けていない。だが原発を見つけてから十四年も経《た》っている。

まさか、な。

忘れもしないあの日、急に覚えた胸騒ぎも、そんな風だった。

研修医として勉強中の出来事だった。

滴を含めた外科志望の研修医たちは、教授の診察を食い入るように見ていた。教授の重たそうな腕時計にまで、憧《あこが》れを抱いたものだ。

診察椅子《いす》に座る患者の片方の胸だけが、葡萄《ぶどう》の房のような凸凹をつけて腫《は》れていた。

患者を診察しながら、教授が後ろに立つ研修医たちに時折目配せした。

「なぜと聞いてもしょうがないけど、ずいぶん放っておいたんですね」

教授は率直にそう訊《たず》ねた。

「まさかと思ったものですから」

患者はまるで他人事《ひとごと》のように答えた。

まさか。

滴もその時に、嘲笑《ちょうしょう》に近い思いを浮かべたものだった。考えられないことだ。まさか、自分なら、そんな大きな異変を見逃すはずはないと左手で触れた右の胸に、ごりっと硬いしこりがあった。

いや、今はもう昔の話だ。

自分をなだめようとするが、鼓動が早まり手にいやな汗が浮かんだ。

その日のことを思い出すと、泡立つような胸騒ぎに頭の先から足の先まで包まれ、未《いま》だに長い痙攣《けいれん》のような身震いが走る。

「何だか眠くなっちゃった。やっぱり疲れてるのね」

滴は店主に苦笑混じりに告げながら、五百円玉をテーブルに置き、慌《あわ》てて立ち上がる。

自宅に戻ると、黒のオフタートルのセーターをベッドの上に脱ぎ、白のレースのキャミソールの下のブラジャーをめくった。左の胸の表面を手の平で撫《な》でてみたが、何の異常もない。緊張が半分、抜けていった。

いや、妊娠してから左だけ少し膨らみが増しているだろうか。

右の胸の膨らみは、摘出した五年後に手術によって埋め込んだシリコンでできているので、そもそも硬くて、左に較《くら》べて丸いお椀《わん》のようにのっぺりした形をしている。乳首は皮膚を結んで入れ墨を入れて作ったものなので、高さはわずかしかない。こちらの胸は、妊娠しても出産しても膨らんでくることはない。

滴の左の指が、右胸に触れた。

十四年前と同じように、おそるおそる触れた。

漠然とした不安をただ払拭《ふっしょく》するために、そっと置いてみたようなものだった。

まさか。裏返ったような声が、寝室に響いた。

滴が夫の携帯電話を鳴らしたのは、夕刻になってからのことだった。

「良介、今話せるかな」

とりあえず眠らねばとベッドに横たわったり、幾度も湯舟に体を沈めたりしたのだが、やはり神経の昂《たかぶ》りが収まらなかった。

「こっちはちょうどタイヤがパンクしてさ、修理してもらっていたところ。犬山の方へ回っているんだよ」

ノイズ混じりに夫の明るくのびのびした声が届く。

「どうしたの？」

「なんかね、胸が硬くなっている気がするの」

暗いままの寝室でそう口にすると、さらに心臓が早く打ち始めた。携帯電話の明かりが、一秒ごとに色を変えて点滅している。

「ちょっと待って、滴、今そんなこと言われても」

良介が慌てている。

「妊娠したからじゃなくて？　もしもし」

「気のせいだよね。そうだよね」

「ちょっと待って、滴？」

修理を手伝ってもらっているのか、人の声が後ろに響いている。

「ごめん、ちょっと声が聞きたかっただけなんだけど、忙しそうだから切りますね。あなたは何ごとも変わりなく順調ですね」

滴は抑揚を上げて言い直す。

「変わりはないけど、滴？　当直明けだろう」

「そう、もう眠るところ」

声から力が抜けていく。

電話でそんな不安を遠く離れた夫にぶつけても、埒《らち》が明かないではないか。部屋の明かりをつけ、冷蔵庫からミネラルウォーターを取り出して、ごくごくと飲んだ。

もしかしたら良介からすぐにコールバックがあるかと期待したが、部屋の中は静まり返ったままだった。


大学病院の乳腺《にゆうせん》外科の黒い診察台の上に、上半身裸で横たわる。白衣を着た眼鏡の医師が、乾いた両手の平で片方ずつの胸を大きく揉《も》み込むように触れていく。

痛みはないが、医師の手がそこに触れるたびに、それが何かであることは感じる。ごろっとしたものが摩《さす》られた胸の中で動いたのがわかる。

その何かがごろっと動くたびに、暗闇の中でコウモリが羽をばさばさっと広げたかのような恐ろしさを感じる。

「楽にして下さい」

銀ぶちの眼鏡をかけた医師は言い、腋《わき》の下や胸の上部にかけても触れていく。良介に触れられるのとはまるで違う。医師の手はとにかく乾いている。生身の人間のものとは思えない。神の手などという言葉がふと脳裏に浮かぶ。

医師は回転椅子に座り、同じ手で今度はプローベをつかむ。チューブからゼリーを押し出す。胸の周囲にぐるぐる回し、モニター画面に見入っては、時折手を止め、気になる箇所があるのか、部位のスキャニングをする。幾枚もスキャニングしている。右胸ばかり、長いスキャニングのペーパーが続く。

医師は沈黙を守っている。

そのまま自分の椅子へと戻っていく。

看護師に手渡された熱いタオルで、滴は胸に塗りたくられたゼリーを拭《ぬぐ》う。カーテンの内側でVネックのセーターを着る。さんざん胸に触れられた後だというのに、何事もなかったかのようにセーターを着てかしこまり、もう一度白衣の医師の前に座っている。

「超音波で見る限り、確かにここに黒い影があります。レントゲンの結果も見ましょう。地下の放射線室で撮ったら、またすぐに診察室へ戻って来て下さい」

一人で地下へ降りる。暗いエレベーターで降りる。いや、実際は暗くはないのかもしれない。窓がないだけで、むしろ煌々《こうこう》と灯りはついているのだが、地下へ降りて行くその短い間に、血の気が失《う》せたような気がする。

放射線室のドアを開ける。ブルーの作業着を着た技師が一人で待っている。

小さなドアの内側で、洋服を脱ぐ。バスケットの前で、ネックチェーンを外そうとする。奄美の従妹《いとこ》がくれた、Sと小さなイニシャルが刻まれたシルバーのペンダントだ。なかなか外れない。呼吸を落ち着けて外す。

放射線室で、胸を挟まれる。痛い。声が出るまで挟まれる。また片方の胸ずつ、上下から、左右から、それぞれ二枚の板が機械音とともにやって来て、乳房をきつく挟むのだ。

「顔をちょっと左に向けて下さい」と言われる。胸を挟まれたまま、顔を動かす。挟まれた右胸の違和感に目を瞑《つむ》ると、脳裏にはまたあのコウモリがやってくる。ばさばさっと羽音が響く。

「大丈夫ですか？　検査は終わりました。巻口さん、巻口滴さん、ちょっと顔色がよくないですよ」

「嫌」という声とともに、滴はベッドの上に上半身を起こしていた。

深く息を吸って慌てて呼吸を整える。

真っ暗だ。真っ黒で音もない。

そうだ、まだ深夜なのだ。ここは研修医をしていた大学病院などではなく、夫婦の寝室だ。ベッドの中で手を伸ばしても、横に良介の温かな体がない。

もしも側《そば》にいたら、寝ている良介を起こしてでも抱かれたかった。性の交わりが連れて行ってくれる束《つか》の間《ま》の楽園が恋しかった。

久しぶりにあの夢を見た。

ひどく寝覚めが悪く、不快で、心細かった。


まだ朝日も昇りきらないうちに、滴は大島総合病院に着いてしまった。

昨日確認した違和感がしこりなのかどうか、まだ定かではない。シリコンに生じた異変かもしれない。しこりであったとしても、悪性とは限らない。様々な可能性が頭をもたげては消え去っていった。

こんなところで立ち往生してはいられない、と滴は思った。お腹《なか》の中には、赤ん坊がいて、毎日少しずつ育っていこうとしているのだから。

裏口から警備員に挨拶《あいさつ》をして、患者の急変に呼び出されたかのように慌てたふりで入館した。外来の廊下を進む。人ひとりなく静まり返っている。

廊下を進んでいき、外科8の扉を静かに開け、照明のスイッチを入れた。中へ入ると、鍵《かぎ》を掛けた。手順は、時折悪夢になって現れる検査をたどるだけだった。

外科8。乳腺外科の部屋である。昼間になると、乳がんの検診をしに、日に二十人は下らない患者の予約が入ると聞いている。

カーテンを閉めて、自らその内側に入った。

グリーンのアンサンブルのセーターを脱ぐと、診察台に体を横たえ、エコーのスイッチを入れる。機械が起動する金属音が鳴った。

プローべにゼリーを塗ると、深く息を吸って、吐き出した。

右の乳房の周辺を、回していった。

おそるおそる触れていったので、はじめはうまく当たらなかった。だが、やがて、何かに、行き当たった。

モノクロームのモニター画面の中には、影があった。

はっきりとあった。何度動かしても、どの方向からも、そこにだけはっきりと歪《いびつ》な形をした影ができていた。右胸外側、以前とほぼ同じ位置といっていい。

無性に喉《のど》が渇く。

耳の奥まで、血液が急激に流れる鼓動の音が伝わって来た。

それは、はじめての検診で、新宿の個人病院で見たあの動きのある可愛《かわい》い影とは対照的な、不吉な歪《ゆが》んだ影だった。

再発している。

——まさか、が、またあたっちゃったよ。

その場で、笑い出しそうになる。悪運につきまとわれる自分。勘は、やはり外れてはいなかったのだ。

そういうことなの?

どうにか頭の中を整理しようとする。

あれから十四年も経《た》って、しかもようやく妊娠できたという自分の体に、再発が起きた。たちの悪い悪戯《いたずら》だ。誰か、誰でもいいから嘘《うそ》だと言って笑い飛ばして欲しいのに、モニター画面は惨《むご》いほど的確にその影を伝えている。

もう一度、息を深く吸うと、震える手で超音波のスイッチを切ろうとしたが、ふと思いたってエコーのプローベを、腹部用へと切り替えた。

ジーンズのファスナーを降ろし、下腹部にも同じゼリーをつけた。

がん細胞のモノクロームの影は、今にも周囲を侵していきそうに、恐怖を伝えて来る。下腹部で映る影の形に、歪さはない。それどころか、モニターに映っている赤ちゃんのゆりかご、その影には、まったく違う柔らかい光がある。海からさして来る朝の光のように見える。

滴は、プローベを握っていた手を放した。超音波の機械音が鳴り続けている。慌てて片付けて、部屋を出た。

〈「おわかれのあいさつをしよう。」

と、マイスター・ホラはこたえました。

モモはつばをのみ、それからひくい声できききました。

「するともう会えないの？」

「いつかまた会うこともあるだろうよ、モモ。

それまでは、おまえの人生の一時間、一時間が、

わたしのおまえへのあいさつだ。

わたしたちはいつまでも友だちだものね、そうだろう？」

「ええ。」とモモは言って、うなずきました〉

小児病棟のホワイトボードにあった入院患者の名前から、ほどなく、モモ少年の名が消された。皆が予測した以上に進行は早かった。

滴は、一度だけ少年のいたＩＣＵを訪ねることができた。

集中治療室に入った少年は、抗がん剤治療で髪の毛が抜けてしまった頭に真っ白の毛糸の帽子をかぶり、ピエロの柄のパジャマを着て、腕を点滴に繋《つな》がれたまま、ガラ

スの窓に囲まれていた。

滴が、図書館で借りた絵本を窓越しに見せると、表情を明るく輝かせて笑ってくれた。最期まで語り種《ぐさ》にされていたほど他人を気遣い、心配をかけないようにと明るく振る舞う子供だった。

三千男は、保井に説得されて、手紙を書いたと聞いている。


〈ごめんなさい〉


たった一言だが、そう書いたのだそうだ。

医者と患者という立場を越えて、少年の死は滴を落胆させた。

虫垂がんの患者の妻に、説明する仕事がまだ残されていた。

彼女の大きなお腹は今にも破裂しそうに膨らみ、存在感を持って迫ってきた。中の子供も母体と一緒に息づき、こちらの話を聞いているかのようだ。

「大変そうですね。重いでしょう?」

彼女を、隣の椅子《いす》に座らせた。

「病理の結果が出ましてね」

滴は我が事のように、感じられた。冷静でいられたのは、白衣をまとっていたからだ。

「やはり、ご主人の腫瘍《しゅよう》は悪性で、しかもスキルス性のものでした。通常の進行ですと、おそらく長くて半年、早いと三ヶ月です。まずはそのことをお伝えしなくてはいけません」

妻はふっくら肉のついた両手で顔を覆《おお》った。

首を横に振り続ける。

「ご気分が悪いですか？」

「悪いに、決まってます」と、彼女は小さく震えながら言った。

チェックのジャンパースカートの腹が机にぶつかった。

「だけど、治療するなら、可能性はあるんですよね、先生。早すぎるでしょ。今はがんだって、ずいぶん治るって言うでしょう？」

「治るがんもありますね。ただご主人のケースは、残念ながら、かなり難しいとお考え下さい」

滴は、言葉を続けるほどに、自分の手が冷えていくのを感じる。

「これからの治療を、同じ院内のがん専門外来の方で行いたいのですが、そのためにも、ご主人に告知して構いませんか？」

「どうしよう」

彼女は呼吸を荒らげた。荒くなった息がどんどん早まり、過呼吸を起こしているようだった。

「ゆっくり息をして下さい。いいですか」

滴は彼女の背中を摩《さす》る。自分自身を摩っているようでもある。

「そんなこと聞いたら、あの人きっと……。弱い人なんです。私よりずっと」

妻は少し落ち着くと、ようやく口を開いた。

「ただ、今後告知をせずに抗がん剤や放射線治療を行うのは無理があると思います」

医師が告知を勧めるには、重要な理由がある。治療をしても病気がよくならないのは、病気の性質上やむをえないのだと納得してもらうためである。

だが、今、それを伝える滴の内には明らかに迷いがある。

「ご主人も、もしかしたら、今後の経過を知っておきたいと思われるかもしれません」

珍しく、そう付け加えてみた。

危うく、残された時間を大切に、と口にしかけた。彼女が廊下を戻るゆっくりした足音を聞きながら、応接室を出た。今後の経過を知って、残された時間を知って、あの夫婦は何ができるのか？

そして、自分は医師として何ができるのだろうか。

3

夫婦は、互いの胸の内に、どれだけ秘密を抱え合って生きているのだろう。

出会ってからこれまでの間に、良介と滴は、おそらく千回近くも体を重ねてきた。

セックスはもうこの十年、滴にとってただオーガズムを得るためのものだった。全身を隅々まで愛撫《あいぶ》するというような交わりでなく、ただ下半身だけの繋《つな》がりで構わないような気がしている。

そもそも性的な興奮のために、乳房は不要だと滴は感じていた。乳がんになる前から、下宿していた部屋の狭いベッドで、毛玉のついたカーペットの上で、滴は良介と、ただ下半身だけ裸になって重なることが多かった。下半身だけが交わり合っている感覚に、興奮を覚えることとさえあった。滴の胸はもともと小さくて、そこにコンプレックスがあるからなのか、触れられても感覚は鈍かった。下半身の腰と尻《しり》は豊かに張り出している。

摘出手術をしてからは、滴は良介の前でも全裸になることを自然と避けるようになった。再建手術も受けたが、筋肉の内側にシリコンが埋め込まれているだけで、触れられても何の感覚もない。全裸の良介を、ブラジャーをしたまま受け入れるようなとき、滴はいつも自分が少しだけ嘘《うそ》をついているような気持ちになる。だがやがて、静かに波がさらってくれるのだ。良介の体液が最後の一瞬、自分の体に流れ出すとき、繋がっていることを感じる。同じ海を泳ぎ出した温《ぬく》もりに、ほんの束《つか》の間《ま》酔う自分たちが、どこか滑稽《こっけい》で愛《いと》おしかった。幾度もただそれだけを繰り返していれば、見果てぬ場所まで二人でたどり着けるような気がしていた。

滴は、今、心の中に大きな秘密を抱えている。声に出さずにいると、秘密はどんどん膨らんで、胸の内で暴れる獣になって叫び出しそうなのだ。

喉元《のどもと》まで、告げてしまいたい言葉が出かかっている。

再発しちゃった。

良介に抱きついて、すべてを曝《さら》け出してしまいたい。八つ当たりでも何でもして、この苦しみから少しでも逃れたい。なのに、冷静を装《よそ》おうとしているのは、母親としての意識の目覚めからのように思えて仕方がない。

これまで良介に対して抱いてきたどんな感情とも違う冷静さが、自分の内側に確実に芽生えつつある。誠実であろうとか、秘密を持たずに率直でいようという、妻としてはあまりに愚直なあり方を、ここからは引きずってはいけない。良介が再発を知ったら、決して子供を生ませようとはしないだろう。一日でも早くと病院へと押し込めて、徹底的な治療を受けさせるに違いない。

良介もそのくらいは医療の知識を持っており、自分を必要としていることは知っている。必要？　私たちは、今もまだ互いの存在を必要としている。お互いに生きているからこそ必要なのだ。

離島へ渡る小型のジェット機が、厚い雲の中へと進入していった。つい先程までは青く広がっていた空が一転し、今は白く泡立つ靄《もや》の中を進んでいる。尾翼が、その膨らんだ雲の中に見え隠れして、自分たちを乗せた機体がそのまま雲の泡に飲み込まれていくように見える。

海をイメージしているのか、飛行機の内部の壁は薄青く、青や紫のゴブラン織りのシートには、紙製の安価なヘッドカバーが付けられている。座席は、滴の体にさえ狭すぎて、良介と二人並んで座っていると身動きもできない。良介が膝《ひざ》の上で広げていた機内誌が、床にすとんと落ちる。

飛行機が、激しく振動を始めた。

「ただいま機体が厚い雲の層を通過しており、……五分ほどで抜ける予定です」

キャプテンがアナウンスをする。

窓の外に広がる、もやもやした水蒸気の層を見ながら、滴はまたあのモノクロームのモニター画面の中に見つけた腫瘍《しゅよう》の影を思い出していた。

間違いであって欲しい。

だが、現役の外科医である自分が、画像を読み違えるはずがない。

私の判断に自信はある。

だとしたならば……余命は、五年。乳がんを同じ部位に再発してからの生存期間は、短くて二年、長くて十年か。乳腺《にゅうせん》を摘出した体に再発したのだから、がんはより深い位置、血管が発達した筋肉の内側にできている可能性が高いだろう。骨にも近い場所だ。

その上、自分は妊娠している。妊娠した女性にがんが発症すると、免疫《めんえき》反応が鈍くなり、ホルモンが増えるなどの影響で進行が早まる可能性が高い。

私の余命は三年か、二年か。

がん細胞は血液にのって転移する。正常な細胞を次々とがん化させていく。

入退院を繰り返し、体の内部に増殖し続ける腫瘍をたたいていきながら、精根尽き果てるまでの闘いになる。

三十八歳になる滴の目の前には、二枚のカードが広げられている。

新たな生命の創造というカード。これには、この先急ピッチでがんを促進させる危険が伴うだろう。だがそこには、滴にとっては未知の希望が記されている。

もう一枚のカードの筋書きは、死へと向かうなだらかな航海に覚悟を持って臨むというだけのことだった。なだらかで安らかな航海に旅立つには、妊娠はここで諦《あきら》めるべきだ。もし専門医たちに相談したら、そう説得されるに違いない。

大体、百田さん、生まれてきた子供はどうするつもりですか?

限りある時間だからこそ、滴は人に何と言われようと賭《か》けに出たかった。それががむしゃらに生きてきた自分らしい選択ではないのか。

これまで見てきた様々な患者たちの闘いが目の前に現れては消えていった。どうあれ最期《さいご》は苦しいのだ。

希望もなく死へ向かう空《むな》しさも、大勢の人たちが最後には受容した課題だった。

どちらのカードを選ぶのも、身が竦《すく》むほど怖かった。

やはり良介にすべてを告白すべきなのかもしれない。保井きり子に相談する手もある。だがひとたび誰かに口にしてしまえば、自分は崩れる。頼りない病人になってしまう。

どうしたらいい?

互いの洋服の薄い布だけを隔てて夫と触れ合っている。良介は、眠り始めたようだ。馴染《なじ》みのある寝息が微《かす》かに聞こえてくる。良介に幾度も幾度も抱かれた証《あかし》が自分の内側で生命の芽をつけた。

産んでいい?

せめてそんな風に甘えて問いかけることができたら、ひと時だけでも、ずいぶん楽になるはずだ。

だが、楽になっても仕方がないのだ。

これは、最後に与えられた、たった一つのチャンス、自分たち夫婦へ与えられた恵みだった。良介と出会い、ずっと一緒に生きてきた証なのだ。

がんに翻弄《ほんろう》され続ける命運を呪《のろ》っても仕方のないことだ。最後の最後になって、神様は自分に創造の喜びを享受《きょうじゅ》するチャンスをくれた。妊娠は、最後に手渡された唯一《ゆいいつ》の希望のカードに思えた。

新しい生命に賭けたい。滅んでいく自分の肉体を新しい命に繋げたい。生命の輝きに最後の恐怖を救われたいのかもしれない。

隠し通すための意志の力が足りないような気がして、それが恐ろしい。神でも悪魔でもいいから、魂を預けてしまいたいのだ。揺らがないように、自分を守って欲しい。

「先生、延命することに、どんな意味があるのですか？　どうせすぐに死んでしまうのに」

　肝硬変の末期で横たわる患者にそう問いかけられたことがある。患者は、どうしても最後に酒が飲みたかった。もはやたくさん飲みたいわけでも、飲めるわけでもなくて、せめて一口飲んで逝《い》けるなら、それが自分の生き方だから構わないのだと心づもりを伝えてきた。

　珍しい患者だった。

　皆、頭の中では、病床に縛られているだけのただの延命など無意味だと考えているのに、最後には、一分一秒の命への執着を見せる。生きているということは、病人にはそれほど輝いて見えるのだ。

　自分にとっても、命の一日一日が輝いて見え始めている。静かに流れていたはずの砂時計の砂が、急激に落ち始めたのである。そのスピードが緩むことはない。

　誰かに口にした時点で、自分は揺らいでしまう。誰からも反対されるのならば、一人で秘密を抱えていかなくてはならない。保井の顔が一瞬浮かび、ふっと消えた。

あの肝硬変の患者だって、相談などせずに勝手に酒を飲めばよかったのだ。方法なら、あったはずだ。厨房《ちゅうぼう》や霊安室へ行けば酒はある。

医師だから知っていることがある。がん細胞は決して、他人である胎児を攻撃しない。妊娠がいくらがんの進行を早めても、がんが胎児に影響を及ぼすことはない。胎盤がブロックするのか、胎児と大人では免疫系統が違うのか、胎児に転移した症例は、血液のがんである白血病においてすらない。

神が与えたもうた一筋の道が、そこにある。

「どうしたの、滴？　ごめん少し寝ちゃったけど。顔色が悪いよ」

膝に重ねていた手が握られた。良介の手は、大きくて温かい。この間切った親指にはまだ傷テープが貼《は》ってある。

「大丈夫、少し揺れが続いたから」

ふたたび顔を覗《のぞ》き込んでくる。腕を肩に回して、子供にするように頭を撫《な》でてくれた。

「君も、飛行機が揺れると怖いのか？　へえ、こんなに一緒にいても知らないことはあるんだなあ」

「私だって人間だし、女なのよ」

良介が目尻に皺《しわ》を寄せる。その皺の一つ一つに諦念が宿っているようだ。良介こそ、どこに希望を持って生きているのだろう。医師にもならず、カメラマンになったところで依頼はほとんどない。家にいると、毎日、大根の煮物や魚の煮付けを作ってくれる。美味《おい》しいと感想を漏らすと、今と同じように目尻に皺を寄せて笑う。

「この間の電話だって、おかしかったよ。気のせいだったんだろう？」

良介が首を傾《かし》げたので、精一杯、作り笑いをした。

気を緩めてはいけない。

滴は、五日間の休暇を取ったのだった。

たった五日とはいえ、大島総合病院に勤務してはじめての、突然の休暇だった。

冷静になりたかった。

思わぬことを口走ったり、仕事中に手元が狂ったりしないように、ここで覚悟を決める必要があると判断した。

母の故郷である奄美で海を見ながら考えるのがいいと思った。

母の生前は、夏や冬の休みのたびに、従妹《いとこ》の家に帰省した。滴の着替えや水着も置いてあったほど、もう一つの家のように感じていた。

一人で訪ねるのもいいような気がしていたが、良介も仕事の予定がないらしくついて来た。せっかくだから、飛行場でレンタカーを借りて、海辺にテントを張ってキャンプをしようと言い出したため、滴が予定していた静かな旅とは少し軌道がずれた。それでいい。二人でいると、気持ちが紛れる。

良介は、ふたたび黙って滴の手を取り、膝の上に載せた。ベージュのジャンパーを着た体が、国内線の小さなシートの中で身動きもできずにじっとしている。

せっかくこうして二人で休暇を取ったのだから、旅を楽しもう、と思う。夫の心の中にも思い出を遺しておきたい。

このまま飛行機が乱気流に巻き込まれ、二人一緒に雲の中へと消えてしまうことを想像すると、それだけで気が紛れた。いやもう三人か。三人で一緒に、雲の中へと巻き込まれてゆこう。世界は、白い雲の中に閉じる。

飛行機が、着陸に向けて下降を開始する。

「よろしくお願いします、五日間。久しぶりの二人一緒の休暇だもの」

「妊婦って、感傷的になるのかな。ねえ」

良介が滴のお腹《なか》をさわりながら声をかける。

「あなた、はじめて、そんなことしたわよ」

良介に向かって人指し指を立てると、照れ笑いをしている。

再発を隠し通したいのは、こんな良介をずっと見ていたいからなのかもしれない。告白すれば彼の表情が、見る見るうちに硬くなり温《ぬく》もりを失っていくのは、容易に想像できた。

滴は、良介の大きな胸に自分の頭を寄せてみる。


奄美空港に降りると懐《なつ》かしい熱気が全身を包んだ。

滑走路から響く飛行機や車のエンジン音が乾いて、高く耳の奥底に届く。風の通り過ぎる空港の敷地内から、バターと香辛料が混ざり合ったような匂《にお》いがする。

旧式の空港は、まるで外国のように殺風景だ。

ターンテーブルから荷物が出て来るまでの間に、二人はそれぞれジャンパーやセーターを脱いだ。旅慣れた良介は、リュックからビーチサンダルを取り出して履き替えている。

季節外れの空港に客足は少なく、出てきた荷物を積み込んだ乗客たちは、めいめいカートを押して眩《まぶ》しいゲートの外へと出てゆく。

良介は、滴より先にカートを押して進んでいき、空港内に看板を出しているレンタカー・カウンターで手続きを取った。

キャンプ道具を詰めた二人分の荷物。大きなリュックが二つと、キャンプ用の食材や燃料のカートリッジを詰めた段ボールがひと箱だ。すべて良介が準備してくれた。

荷物と一緒にリムジンで運ばれた営業所で四輪駆動のレンタカーを借りた。

良介は、改めて地図を広げるまでもないほど道路を頭の中に描いてきたらしく、窓を開けると、鼻歌混じりにハンドルを操作した。

南のぬるい風が、頬を撫でた。

風の中に、母が生きているようだった。負けず嫌いだった滴が癇癪《かんしゃく》を起こすと、胸に抱きしめてくれた、懐かしい温もりが蘇《よみがえ》った。

途中、見事なさとうきび畑を通り、〈鶏飯《けいはん》〉と墨字で書いた暖簾《のれん》のかかったドライブインのような間口一間ほどの店で、名物料理を食べることにした。

窓を開け放った店内では扇風機が回っている。小上がりには、漫画雑誌や半年前の週刊誌がうっすら油の層をつけて放置されてある。

すぐにテーブルに、大きなトレイに載せた鶏飯のセットがやって来た。

鶏のささ身肉を蒸して割いたものと、錦糸卵《きんしたまご》、ねぎや椎茸《しいたけ》の細切り、パパイヤ漬などが小鉢によそってある。それらを好みで丼《どんぶり》ご飯の上にのせて、上から鶏《とり》ガラで取った熱い出汁《だし》をかける。一見、簡単そうだが、出汁を煮込むだけでも四、五時間はかかる。一般家庭の食卓には、特別なもてなしか祝い事でもなければ登場しない。

「こんなぼろい店に、皇族もお見えになったなんてとても考えにくいけどさ、確かにうまいんだよ」

良介が、薄暗い殺風景な店内に貼られてある写真を見て呟《つぶや》くが、彼は鶏ガラの味に感じ入っているようだ。うまい、うまいと喉《のど》に通すたびに思わず何度もひとりごち、お代わりしている。

「聞こえるよ、良介。……ぼろいだけじゃなくて、狭いんだから。だけど、ここ、私が小さい頃からあったもの」

故郷に帰って来たのだなと実感した。

母の生まれ故郷に、夫と、膨らみかけた新しい命を連れて帰って来たなど、どこか絵空事のように思える。

今日から本島の南の端にある瀬戸内町のヤドリ浜でキャンプをし、明後日《あさって》には加計《かけ》呂麻島《ろまじま》へ渡ることになっている。本島の古仁屋《こにや》港から、さらにフェリーで二十分渡ったところにある人口千七百人ほどの小さな島が、母の故郷だった。母の京《みやこ》が生まれた当時は診療所が一軒、それも本島から通いの医師がやって来るだけの、ほぼ無医村といってもいい島だったそうだ。

母の闘病生活を見ていたこともあって、医学部に行きたいと言い始めた滴に、珍しく方言混じりに口にしたことがあった。

「滴がお医者さんになっち、時々でいいから、島んちゅば診《み》ちくりりば、みんなどんなに喜ぶかや」

そんなことすら忘れてがむしゃらに生きていたから、罰《ばち》があたってしまったのかもしれない。こうして母娘《おやこ》揃《そろ》ってがんに翻弄される理由があるのなら、なぜ自分はそれを見つけられなかったのだろう。つい恨みがましい気持ちが蘇りそうになり、自分と子供のために栄養価の高い鶏飯を喉に通した。

ヤドリ浜ではさっそく、良介のリュックにきれいに折り畳まれていたテントとタープを取り出した。滴が豪快に広げようとすると、良介がその厚い唇に指を立て、カメラに手をかけた。

「あの樹《き》の上が見えるだろう？　さっきから、ルリカケスが、止まっているんだ」

良介が駐車場の手前の林の一角を指さして言う。

鮮やかな光沢のある瑠璃紫《るり》の羽に、オレンジ色の体、白い嘴《くちばし》といかにも目立つ、滴には可愛《かわい》げなく見える鳥だった。

「ふーん、あの鳥、珍しいんだ？」

鳥や植物のことがからっきし苦手な滴は見上げる。

「なんか、あんなのだったら、子供の頃にもよく見たような気がするけど」

「待てよ。ルリカケスは、国の天然記念物なんだよ」

命「良介！　じゃあ撮らないと」

滴の声に驚いたのか、ルリカケスは止まっていた脚に力をこめ、一気に飛び去ってしまった。

カメラを構えはしたが、まだフォーカスは定まっていなかったらしく、良介は溜《た》め息をつく。だからといって特別に悔しがる風でもなく、ただその飛び去ってゆく後ろ姿をぼうっと見送っている。そんなところが、カメラマンとして、今一つ成功しない理由なのかもしれない。

余「釣りでもするか。晩飯を釣らないとな」

そう言って、立ち上がる良介に、

「じゃあ私は、久しぶりに古仁屋の町を散歩してきていい？　ついでに、魚を買って来ましょうか？　喰いっぱぐれちゃいそうだもの」

冗談めかして言うと、良介は目尻《めじり》を下げた。

「よかった、少し顔色がよくなったよ。俺、あなたが元気ないのは嫌だよ」

なぜなのか理由はわからない。会ってから今にいたるまで、良介はよくそんなことを口にする。滴がそこにいてくれたらそれでいいと、真顔で言われたこともある。

レンタカーの鍵《かぎ》をジーンズのポケットに入れる。

運転席に乗り込むと、長い溜め息を吐き出す。良介の側《そば》にいると、今にも告白を始めてしまいそうで、不安に泣き崩れてしまいそうで、崩れてゆく砂山に立っているかのように心はバランスを失っている。

この旅では、時々こうして独りになって心のバランスを保つ必要があるだろう。

二月の後半、奄美では曇りの日が続く。「寒《かん》の戻り」といって気温が下がることが多い。だが、今日はよく晴れている。空港についてから、二人はTシャツ姿になった。良介を真似《まね》て、滴も足下をサンダル履きに換える。

滴の白い足が、生々しく血の流れる血管を浮き立たせている。

そんな自分の体にがんが宿っているなど、嘘《うそ》に違いない。

運転席の椅子《いす》を前に出すと、Tシャツの中に迫り出した胸に、そっと触れてみた。まだ良介にはわからない。私にしか、わからない。水面に反射した光が、眩しく漂っている。明るい陽射《ひざ》しが、海の方から差し込んでいる。窓を開けると、懐かしい潮の香りがする。五感がいつもより冴《さ》えた。細胞の一つ一つが貪欲《どんよく》にその瞬間を捕まえておこうと動き出したようだった。

窓から潮風を受けながら、ヤドリ浜から海岸線の道を走り、古仁屋の町に着いた。何も変わっていないのに、なぜかどきっとした。港に流れ出す小さなどぶ川の両側に、商店が立ち並ぶ。ヤギ肉店、鶏肉店、魚屋、かりん糖屋……。

滴は、間口一つのそのかりん糖屋で、黒砂糖をたっぷり使った揚げ立てのかりん糖をひと袋買う。子供の頃、母と、母の妹とその娘、つまり滴にとっては従妹の光と、よくここでかりん糖を買った。思い出の詰まった店だった。

量の多い黒髪を頭の上にお団子のように束ねていた母が、すぐ側にいるように感じる。

川にかかった小さな橋の欄干に身を乗り出してみる。淀《よど》んだ川にも静かに動きがあり、光る海に向かって流れ出している。

母と顔を見合わせて並び、かりん糖の袋を開く。指でつまんで口に放る。黒砂糖の香りが広がる。

「美味《おい》しいね」

滴は口にする。

「うれしそうっち」

母が応《こた》える。

二人は今や双子のように似ている。

滴はパンツのポケットに用意してあったメモ書きのナンバーを、思い出したようにプッシュしてみる。

幾度かの呼び出し音の後、すぐに留守番電話に変わる。応答メッセージであることにどこかほっとしてもいる。

留守番電話の録音が始まる。

「光ちゃん、突然なんだけど、主人と島に来ています。今、何を食べていると思いますか？　ほら、この音」と、袋をがちゃがちゃと鳴らす。

「かりん糖屋さんに来てるちょ」

はしゃいだようなメッセージを残している自分に出会う。

従妹の光は、生まれ育った加計呂麻島で結婚して二人の子供をもうけたが、三年前、島のトンネル工事中の事故で夫に先立たれた。今は子供を育てながら看護師の仕事に復帰している。年賀状の交換などをするくらいで、もう二十年以上も会っていない。

かりん糖をもう一つ口に頬張ってみた。黒糖の香がぎゅっとつまったような濃厚な味も変わっていない。やはり、また、母がすぐ側にいるように感じる。

食べながら歩き始めると、港から、フェリーや海上タクシーの汽笛が聞こえてきた。夕暮れが始まる。

日の暮れ始めた海の放つ、強烈な陽射しは島独特の風景だ。

ヤドリ浜まで戻ると、桟橋付近にいる良介の周囲に人だかりが出来ていた。慌《あわ》てて駆け寄ると、彼は全身に墨を浴びせかけられていた。顔もTシャツの胸の辺りも薄黒く染まっている。

「ようやく釣れたと思ったら、こいつだったよ」

墨に染まった情けない顔をしている。足下のバケツには、大きなミズイカがぐにゃりとして、自分の吐き出した墨まみれになって横たわっていた。

「この墨、まだ汁っていうスープにしたら美味しいのに」

滴は、バケツの中でなおぐにゃぐにゃととぐろを巻くように吸盤のついた足を動かしているイカをしげしげと見る。

夫は、それでも何とか顔を拭《ぬぐ》おうとしている。

滴は、コットンのパンツのポケットからハンカチを取り出した。女性らしい白地に刺繍《ししゅう》入りのものをアイロンがけして持っている。指にからめるように巻き付けた。細面だと思ってきたが、やはりいつも触れている自分の顔よりは、硬くて大きいのに改めて見入ってしまう。

二重で切れ長の目や、縦長の鼻の穴、左の頬に浮かぶ靨《えくぼ》、頬にできた吹き出物の痕《あと》の窪《くぼ》みや、厚くて柔らかい唇の中央の尖《とが》った隆起などを、改めて確認している自分が可笑《おか》しかった。指先に絡《から》めたハンカチを使い、ゆっくりと拭っていく。

「もういいよ」

良介がこちらを覗《のぞ》き込んでいる。この場で口づけてしまいたいほど夫の肌や顔や体が好きなのだ。急に、恵まれた人生だったような気がして来る。視界が滲《にじ》み始める。

ミズイカを手に提げて、商店街にある「喜多村」という小料理屋へ向かうことにした。滴が奄美へ帰ったのは子供の頃が最後で、酒を飲めるような店は記憶にない。二人でガイドブックから選んだ店だった。

大島紬《つむぎ》を着た店の女将《おかみ》が、暖簾《のれん》の内側から顔を出した。

この島の紬は品質が高く、最上級とされる。島独特の文化を大切にしようと、近頃は成人式にもこの泥染の紬を着る娘たちが増えたという。

奄美の人口は約七万五千人。鹿児島を本土と呼び、同県に属するが、地理的には沖縄の方が遥《はる》かに近く、文化や風土も重なるところが大きい。奄美本島、すぐ近くの加計呂麻、喜界島、徳之島《とくのしま》、沖之永良部島《おきのえらぶじま》、与論島、それぞれが、別の島であるという意識を持ち、鹿児島県人という感覚を持っている人は今もって少ないとも聞く。

方言を使ってはいけないという学校教育が徹底され始めたのは、従妹《いとこ》の光たちが思春期を迎えた頃だったそうだ。鹿児島から続々と教師たちが着任し、県の方針として、本土に取り残されないよう標準語を覚えようという動きになった。方言を使った子供たちは、胸に〈私は方言を使いました〉というプラカードを下げて、廊下に立たされた。つい最近までそんなことが行われていたとは、東京で育った滴には俄《にわか》に信じがたい話だった。

「かといって、まともな標準語を話せるわけでもねんからやー。標準語まじりの島口になっただけっちょ」と、光が自嘲《じちょう》気味に嘆いていたこともあった。

テーブルに、島料理が並ぶ。

島らっきょうの塩漬けにかつお節のかかったもの。しぶりと呼ぶ冬瓜《とうがん》と鶏を一緒に煮たもの。とびんにゃという巻き貝を海水で茹《ゆ》でたもの。そして、イカ墨で作る真っ黒なスープもこの島の名物である。

「今日のまだ汁は、だんなさんが釣り上げたイカで作りましたから」

女将がそう言って、喜ばせてくれる。

「お礼に、最後に油ぞうめんでも出しましょうね」

「俺が釣ったイカだってさ」

運ばれてきた黒いスープが湯気を上げている。良介が満更でもない顔をして、鼻先を動かす。

「いくらイカだって、あんなに出しちゃ、もう墨ものこってないと思うけどね」

滴がしげしげとスープに見入っていると、女将が真顔で言う。

「間違いなく、お釣りになったイカですよ」

そう言って、滴に片目をつぶって見せた。

スープに口をつけた夫の歯が、すぐに墨の色に染まる。

「うまいなあ、やっぱりどれもこの黒糖焼酎《こくとうしょうちゅう》に合うんだな」

良介は満足そうに舌鼓《したつづみ》を打っている。

「お刺身なんかもね、こっちは、お醤油《しょうゆ》に黒糖で作った酢をかけて食べるのよ」

話すのは母から聞きかじったことばかりだ。子供の頃の記憶なのに、忘れていない。

「奄美は年中暑いから、食あたりを防止する昔からの知恵なんだって」

最後は油ぞうめんと呼ぶ、そうめんの炒《いた》めものを食べ、キャンプ地に戻った。

体に恐ろしい病気が巣食っていても、まだこうして満腹になるまで食べることはできるし、働くこともできる。夜になると、良介と愛し合うことだってできる。肌を合わせて、互いに交じわる喜びはまだ取り上げられていない。

体が病気に負けていない今なら、何でもできる。

子供だって、産めないはずはない。

「もしもし、滴姉ね？」

携帯電話が鳴って応答すると、光の高い声が耳元に響いた。

「本当に島に来てるわけ？ 絶対に、こっちまで来てくれんば怒るよね」

突き抜けるような明るい声だ。彼女の夫の葬儀にも来られなかったことを根に持っていないかと気に病んでいた自分の小ささを恥じた。

「かりん糖に、まだ汁に、久しぶりに島のお休みを満喫してるところよ。光ちゃんにも会えたら、うれしいな」

「だんなさんにも会いたかったから。美男子《キュラヌセ》っち、滴姉、自慢しとったもんね」

明後日に、加計呂麻島に渡って会う約束をした。

良介が、テントに入ってカンテラを灯《とも》したのを確認すると、滴は足音を立てないようにそっと後ずさりした。自分のデイパックに入れてあったヘッドランプの灯りをつける。

「ちょっと散歩してきまーす」

そう、声をかけたつもりだが、良介が二人分のジャンパーを持ってすぐ後ろに立っていた。

心の中がむしゃくしゃとして昂りはじめようとしている。

月明かりが、夜の海にてらてらと輝いている。大きく広がるなだらかな海岸線に、波音がダイナミックに繰り返し迫ってくる。

滴は靴を脱いで手に持ち、素足で歩き始めた。砂に足をめり込ませながら、大股《おおまた》に進んだ。

とにかく、一人になりたかった。

こんな穏やかな波音をすぐそばに感じながら、夫に優しくされると心の箍《たが》が外れてしまいそうなのだ。牙《きば》をむきだしにした野獣が、するりと心のすき間に入り込もうとしている。

「インターネットで調べてみたらさ、二〇〇九年だったかな、この島で大規模な日蝕《にっしょく》が見られるって書いてあった」

良介が、月を見上げながら口にする。

遥か未来の話、六年も先の話だ。子供はすでにこの砂浜を走り回っているかもしれない。だが、月明かりに映る二人の影のうちの一つは、その頃には存在しないのではないか。そう考えると、急激に空《むな》しさが増殖してゆく。未来の話を聞くのはもはや耐えられない。

「それに奄美では、ウミガメの産卵も見られるんだってさ」

良介は、滴の感情に気付かずに能天気な話を続ける。

「それはもっと、北の方の浜だと思うけど」

つっけんどんな口調は、悲鳴の一歩手前だ。

「すごいところだよな、奄美って」と、良介がいつになく饒舌《じょうぜつ》なのが耐え難かった。今にも泣き出しそうな感情の高ぶりを、抑えるのに必死だった。

「ちょっと黙ってよ」

思わず強い口調になった滴の手を、良介はすぐに掬《すく》いあげるように握った。乾いて、温かな手が、冷たい汗を浮かべ始めた手を包む。

「ごめん」

良介が、そう呟《つぶや》いた。

滴は、言葉を失って、握られた手の温かさに身を委《ゆだ》ねた。

「どうして、あなたが謝るの？」

こんな風だから、喧嘩《けんか》することもできない。夫の腑甲斐無《ふがいな》さにも目を瞑《つむ》ってきた。

だが、良介にはもう変わってほしい。

「いいんだ」

良介は、言うのだった。

「考え事してたんだろう？　滴はさ」

夜が更《ふ》けるに連れて、波音は高くなる。近付いてきた白波だけが闇《やみ》の中に現れる。

やがて砂浜を歩く足下まで、水が押し寄せて来る。

奄美での時間は、またたく間に過ぎていった。

良介と滴は、さとうきび畑を迷路にして走り回り、マングローブの林をシーカヤックで競い合って廻った。

夕暮れになると、缶ビールを持って、大浜海浜公園の砂浜に座った。滴も毎日、ほんの少しだけビールを飲んだ。一分、一秒でもいいから、頭の中から病気のことは追い払っておきたかった。

やがて、巨大な夕陽が落ちる。海の向こうの水平線の彼方《かなた》で燃えはじめた陽が、空と海をじわじわと染め上げてゆく。やがて、線香花火の火玉が落下するように、海に姿を消す。

朝は決まって、テントの前に張ったタープの下に二人で椅子《いす》に座り、コーヒーを淹れた。パーコレーターは結婚した頃から使っている。よく手入れされたアルミ製で、ぽこぽこと沸き立ってくる音と同時に香りが漂ってくる。そんな風に手間暇のかかる遊びが、良介は好きだった。

夫婦で一緒に使っているハミルトン製の軍用腕時計のベルトを、結婚記念日ごとに、毎年忘れずに取り替えてくれる。

ベルトは一本千円ほどで安いのだが、カーキ、紺、黄色と様々な色があり、幾度か気分に任せて変えてきた。そのつど良介が、ベルトの長さを調節して、時計のオーバーホールまでしてくれた。滴が病院で働いている間に、彼は、家の中でそうやって色々な用事を見つけて時間を過ごしてきたようだった。

三日目の朝、コーヒーを沸かしたきり、煙草《たばこ》を買いに行くと言って出かけた良介はなかなか戻らなかった。

光との約束で、加計呂麻島へ渡る時間が近付いていた。

ウエーブのついた髪の毛をヘアバンドでまとめた滴が、テントに入ってシュラフを畳み、身支度をしていると、ジーンズ姿の夫が戻ってきた。

「怒らない？」

下唇を噛《か》んでいる。

「なくしたみたいなんだよ。昨日の昼までは確かにあったんだけど」

良介が、右手の人さし指で、左の手首を示した。日焼けをしていない白い皮膚がベルトのように見えるが、そこに時計はない。

「カヤックのときに落としたのかな。こんなの初めてだよ」

滴は慌《あわ》てて、自分の腕につけていた腕時計のベルトを外し、良介の左手に巻きつけた。

「じゃあしばらくは、あなたがこれをしていてよ」

「どうして？」

良介がそう訊《き》いた。テントの生地を通した淡い光越しに訝《いぶか》し気に覗《のぞ》き込んで来る。

「別に！　そんな深刻なことじゃないでしょう」

口角がくっと上がってゆくのを感じていた。心を読み取られまいと、体が無意識に反応していく。

良介の方は、打ち明けてしまうと少し心が晴れたのか、テントの中に広がっていた二人分のシュラフの空気を抜きながら鼻歌を唄《うた》い始めた。

滴の心に、俄かに暗雲が押し寄せる。

無事に産めるのだろうか。

その前にがんが急速に体中を駆けめぐり、自分の肉体を壊してしまうということはあるまいか。

奄美大島には、何かを失《な》くした時には身代わりになってもらった、と考えるという伝承がある。良介の腕時計が、生まれて来る子供の不幸の身代わりになってくれたらと祈るような気持ちになる。

「雨が来そうだよ。急ごう」

良介は、撤収の準備を急ぎ始めた。

タープの外に体を出して、雨にあたってみた。冷たい大粒の雨が、灰色の空から降って来た。腕時計を外した自分の左腕に、時が止まっていたかのような、日焼けしていない皮膚が現れた。

フェリーで、古仁屋港から加計呂麻島へと渡った。わずか二十分ほどの航程だが、デッキに出ると冷たい雨が二人の体を射るように落ちてきた。

雨具を着込んだ良介は、面白がって外に出たまま、船内に戻って来ない。彼の腕には、滴の時計が巻かれている。滴は船内の窓から良介を見ながら、その腕に、夫婦の時計があることに妙にほっとしている。

アスファルトで固めただけの生間《いけんま》港に、「滴姉」「お姉ちゃーん」という大きな声が響いた。

雨で一層沈んでいきそうな気持ちが、傘をめいめい手にして現れた子供たちの元気な姿に救われた。

後から大きなスーパーマーケットの袋を両手に下げて、ポニーテールに髪をまとめ、ダンガリーのシャツに白いジーンズをはいた光が現れた。母の葬儀以来だから、もう二十年ぶりになる。ずいぶんふっくらとした。

「滴姉。あ、やだ、そのお腹《なか》」

「そうなんよ。子《クワ》ができたのよ」

聞き齧《かじ》った島口で言ってみる。

「本当ね、滴姉？　すごいわ、なんで電話で言ってくれんかったわけ？　だったらお祝いせんばいかんね」

光が滴に抱きついてくる。大きな乳房が、滴に当たり弾力を伝えてくる。

その瞬間、滴はタイムスリップしたような気持ちになった。

あのとき、自分はまだ健かで、母の京も存命であり、未来は太陽に晒《さら》された砂浜のように眩《まぶ》しく広がっていた。夏の陽射《ひざ》しの下で、海に潜っては貝を捕り、島の子供たちと一緒に砂浜を駆け回る。屈託のない日々が、いつまでも続いていくのだと思っていた。

今では残された時間が、蜻蛉《かげろう》の羽のように揺れるばかりである。

「滴姉も良介さんも、うちに泊まっていけばいいがね。この雨でキャンプは大変よね。だいたい、大腹《フーワタ》なのにテントだなんて」

光に屈託はない。

彼女の自宅は、幼い頃と同じに、港から歩いて五分もかからぬ集落にあるという。赤い瓦《かわら》屋根の高床式の平家で、古い民家を譲り受けたそうだ。石垣は白く、ハイビスカスの赤と黄色の花が咲き乱れていた。ちょうど花の美しい季節に出会えたことを良介は喜んでいるのか、すぐにカメラを構えた。

二人の子供たちが、ソファの上で飛び跳ね、良介にも飛びかかる。

「手伝ってもらおうかい？　良介さん、料理が趣味っちね？」

光が、抑揚の大きな島のアクセントで、気を遣ってなのか、台所へ誘う。

「やりますよ。島の料理教えてもらおうかな」

「早くしてよ。腹へった」

子供たちが騒ぎ立てる。

いつしかテーブルの上には、良介との合作が並んでいた。

ふたりの波長は、案外合ったようだ。島らっきょうを塩で揉《も》んでかつお節をかけたものや、ゴーヤーと豚肉の炒《いた》めものは、良介が光の説明を聞きながらすぐに覚えた。

光は缶詰のスパムを使って子供たちのための焼飯を作った。

食事を終えると、良介は子供たちと遊び始めた。時折、ニコンの長玉のレンズをこちらに向けてきたりする。

滴と光は、どちらが言い出すでもなく、縁側に足を投げ出して座った。

奥の部屋にはゴザが敷いてある。鏡台や桐《きり》の箪笥《たんす》が置かれ、その上には、黒い紋付羽織姿に合成された先祖代々のモノクロームの写真が、額縁に収められ飾ってある。

海で働く男たちとその女房たちの、深い皺《しわ》の寄った、日に焼けた顔である。

古道具屋のように、埃《ほこり》っぽいような、線香が混じったような匂《にお》いがする。

自分の方が勉強は出来たが、海に潜るのは光の方がずっとうまかった。光は何も怖がらずに、息が続く限り、海の底めがけて潜っていった。湖水を浴び、太陽に焦《こ》がされた肌であがりゴザの上に並んで寝そべっていると、扇風機が回り、蟬時雨《せみしぐれ》が響き、やはり、この匂いが漂ってきた。今と同じく、見上げた場所にはぐるりと着物を着た死者たちの写真が掲げてあった。

「いい人じゃがね。私は気に入ったよ。料理もうまいがね。今は男の人も料理ができるのが大事よね。うちの息子なんかにもそう教えらんばね」

光が良介のことを盗み見て耳打ちする。

トゥジュトゥヤ　シン　ハナナンティン　クラサリュリ。

光は、念仏のように繰り返し、天井を見上げて両手を合わせる。

「夫婦が揃《そろ》って支えあっていれば、危険極まりない海の中も、瀬の突端でも、暮らしていけるっちゅう意味、滴姉知ってるよね？　いいなあ。だんなに逝《い》かれた島の女は、寂しいちょ」

光が、伸ばして来た手で滴の手を握る。

「滴姉とこうして手ばつないでるのが好きだったや。滴姉の手ば、小さくて指もほっそりしているから、従姉《いとこ》なのに、どきどきした」

トゥジュトゥヤ　シン　ハナナンティン　クラサリュリ。

滴も繰り返してみた。

隠し事のある胸のうちに痛みがあった。立ち上がり、縁側から遠くの海に沈む夕陽を眺める。いつしか良介も外に出て、カメラを夕陽に向けていた。


翌朝、近くの墓地まで墓参に出かけた。

山の斜面の中腹にある墓地の最前列に、光の夫の墓がある。

墓石は、故人の希望で人間の膝《ひざ》ほどの高さしかなく、全体に白っぽい石が使われ、ひっそりとした佇《たたず》まいだ。

墓石の両脇《りょうわき》には、旧暦の十五日に供えられたのであろう、萎《しお》れかけた菊の花が雨水に浸かっている。

その外側に茂っているクロトンの肉厚な葉は、奄美の墓地ならどこでも見られるもので、赤や緑や黄色の条や斑紋《はんもん》が入っている。人の背丈ほどもあるクロトンの木は、墓地のあちらこちらに植えられ、墓参する人たちは、鋏《はさみ》で切って、これを供える。

旧暦一日と十五日には、島の誰もが墓参りをするのだという。

「きれいなお墓だね。写真を撮ってもいいかな」

ルリカケスを撮り損ねた良介がそう言って、しゃがみ込んでいる。

「ほんと、きれいなお墓だね」

滴も、手を合わせる。死者が眠っている場所が心に安らぎを与えてくれる。そう遠くないうちに仲間になるのだから、余計そう思えるのかもしれない。子供の頃から、奄美の墓は好きだった。

早朝の島はまだ気温が低く、墓石も冷たい潮風を含み濡《ぬ》れている。海を見下ろして立つ墓は、いかにも美しく、死者たちの優美なカフェテラスのようでもある。

「お母さんのお墓も、島に移してあげるべきだった」と、滴は独りごちる。「忙しさにかまけて、何もしてあげられなかったね。良介の両親にも」

「うちは、もういいんだって」

まるで、そこに母が眠っているかのように、もう一度手を合わせてみた。

眼下に広がる海から、波の寄せる音が、響いている。

加計呂麻という小さな島では、どこにいても海の気配を感じられる。波が足下まで押し寄せ、またゆっくりと、ごおと去っていく。

滴は、墓石の丸いカーブをあらためて、手でなぞった。

――白くて丸さん墓んきゃのいっちゃんちょ。夜になりば、小さん月んきゃの浮いているように見える墓ば、作ってたぼれ。

(白くて丸いお墓がいいんだ。夜になったら、小さな月が浮いているように見えるお墓を、作ってくれな)

運び込まれた名瀬の救急病院で、光の夫は、脳挫傷《のうざしょう》の処置を受けた。一度は意識を取り戻したのだが、脳に急速に血がたまりはじめ、帰らぬ人となった。

意識が一時戻ったときに、突然墓のことを口にしたのだという。

この小さな島で生まれた滴の母は、夕飯が終わると二階にあった洗濯物干場で手すりにもたれ、よく夜の月を見上げていた。ドビュッシーの「月の光」を大きな音で聴くこともあったから、思えば周りからは風変わりな女に見えていたのかもしれない。

午後になると、滴と良介は瀬相《せそう》の港へ出た。

山間部を抜け、加計呂麻トンネルを潜《くぐ》ると正面に、その大きな建物の青い屋根が見えてきた。陽の光を反射して、輝いている。

「ほんと、すごいのが出来たんだな。政治家のすることは侮《あなど》れないね」

滴は信じられないような思いで車の窓をあける。

島に診療所が出来たというので、てっきりプレハブの掘建て小屋のようなものかと思っていたら、三階建ての近代的な建物だった。広々した車寄せがあり、併設されたカフェテリアが海に向かって張り出している。入り口が広々と海に向かって開いており、老人たちの車椅子《くるまいす》同士でも、十分に擦れ違えるようになっている。

「待っとったよ、滴姉。案内するが」

ピンクのユニフォームを着た光がすぐに現れた。ナースキャップには主任を示す線が入っており、その姿には貫禄《かんろく》さえ感じられる。

診療所のすぐ目の前は海で、正面のドアは開け放っているというのに、病院の中からは老人特有の匂いが濃く漂っている。エントランスを入ってすぐのところには、選挙ポスターが幾枚も貼《は》られてある。この診療所をはじめ、奄美や徳之島など近隣の島々に診療所を作ったのは、ある有力な代議士が運営する医療法人なのだ。医師や看護師の不足する島では、光たちも協力して、招聘《しょうへい》した医師の住居の確保にあたったという。

「びっくりしたね？　今じゃここが港湾施設みたいに目立っているっちょ」と、ユニフォームの下の肉付きのいい体を揺らし、光が言う。三人でカフェテリアに向かった。

「最近じゃ、ここが島の年寄りたちの憩《いこ》いの場になってるっちょ」

光は慣れたしぐさで、制服を着たウェイトレスに、コーヒーを三つ頼んだ。

毎日診療できる科は内科くらいで、他には人工透析や簡単な怪我《けが》の治療ができるくらいだそうだ。眼科や脳外科などはない。眼科に関しては、年に数回、鹿児島などから医師が訪れて、民宿などに滞在しながら、希望する島民たちをまとめて治療していく。他に治療の難しい症状が出たら、今でも本島の病院に行くしかなく、特殊な検査や放射線治療、手術などの外科的な処置ができるのが名瀬市であることも変わっていない。半袖の看護服に身を包んだ光は、手短に説明してくれた。

「それでもここに診療所がないよりはずっといいが。本当にいい。でも、相変わらず、定住のドクターは来《こ》んくてね、この春からようやっと、ご夫婦ともがドクターの方が来られるっちいうから、一年、二年はここにいてくれるかいち、みんな期待しているちょ」

光は早口に続ける。

「滴姉もよ、もう少し年取ってからでもいいから、何年かだけでも、島に来てくれんかい。優秀な外科医がいたらどんなに心強いち」

そう言って、ぺろっと舌先を出した。

年を取ってから……。年を取れるなら、何だってする。未来への門が閉ざされた私には、島の役に立ちたいなどと言ってみたところで、御伽話だ。返す言葉は見つからない。

日焼けした太い腕を見せて、カップを持つ光は、海からの陽射しに包まれて見える。こんがりと焼けた従妹の肌には昔のようにそばかすがあり、比較的濃い色のファンデーションの内側から透けて見える。

母はよく、光のそばかすを指で優しくなぞり、「ムジョサンクワ　ヤー（可愛《かわい》いね）」と口にして、滴を嫉妬《しっと》させたものだった。

潮の香りが鼻孔深くに入り込む。遠くを見やると、空をくっきりと切り裂くような飛行機雲が見える。

「まだ、少しいる？」

良介は、カフェテリアの白いテーブルを指さす。

滴はこくりと頷《うなず》く。

良介は、カメラを肩に下げて、レンタルした四輪駆動車の方へと向かっていった。独特のガニ股《また》で大きな歩幅で歩いていく。

車のボンネットに登ると、滴と光の二人に向けてシャッターを切った。

「いいね、やっぱり、幼馴染《おさななじ》みって感じがするもんだよな」

彼とすれ違うように、子供連れの老人が病院に入ってきた。子供は熱があるのか、上気した顔をしている。

滴は静かに考えている。これまで外科の大きな手術は経験してきた。その代わり、子供や老人の風邪や突然の痙攣《けいれん》、発作、発熱といった、この島で日常的に必要とされる急場の医術を行う繊細さが自分の身にはついていないのかもしれない。医者の世界には、未《いま》だに「赤ひげ」という言葉が生きている。町の赤ひげ先生になることと、大学病院の教授になることのどちらかを選ぶのなら、若い日の滴は、ためらいなく後者を選んだ。若者たちは、みんな、きらびやかなアカデミズムに憧《あこが》れていた。

「疲れてるっち思うんば、一応、夜のことはよろしくね。親戚《しんせき》なんかにも会って行ってもらわんば、こん島じゃ何言われるかわからんから。じゃ、後で」

光がカフェテリアを出ていくと、滴の心はまたとたんに明るさを失って落ち込みそうになる。同時に、ほっとしてもいる。心がなかなか定まらない。

連絡船や海上タクシーがたてる飛沫《しぶき》が、幾筋もの白い道のように交差していた。

そのままカメラを持って出かけた良介を、港に座って待っていた。対岸の島や、島々を行き交う船をじっと見ていた。

そうやって一人になれる時間に、心の風船から、張り詰めてしまった分の空気を抜いていくことができた。

やがて、カメラをぶら提げて良介は坂を登ってきた。島内を車で巡ってみることにした。

諸鈍《しょどん》のデイゴ並木は、五月になると赤い花をつけるが、今は新緑の木立だ。

移動商店で、滴は「みき」を買った。米、さつまいも、白糖などで作る飲み物は、この島特産のジュースのようなもので、家庭でも作るが、市販のものは牛乳パックのような容器に入っている。

「飲んでみて」

滴に言われ、こわごわ口をつけた良介はぶっと噎《む》せた。

「甘いの？　これ」

「そうよ、美味《おい》しいでしょう？」

口に含み滴も思わず、噎せる。「あれ、こんな味だったかな？　子供のときは好きだったはずなんだけど」

呑之浦という集落の外れには、かつての特攻船隊の基地がある。特攻のために作られたベニヤ製のモーターボート「震洋」が史料として一艘《そう》保管されているだけで、今では澄んだ水の、静かな入り江である。岸の周囲には木立がある。深い緑が続いている。穏やかな海面が樹木を映し込んでいる。

野鳥の声があちらこちらから響いていたが、良介は少し先を歩きながら、振り返っては自分を撮った。未だにフィルムカメラで撮っているらしく、中に仕切りのたくさんついたバッグの中から時折フィルムを取り出し、手際《てぎわ》よく取り替えている。

プライベートの旅行で良介がそんなに写真を撮るのを滴はかつて見たことがなかった。

「俺、この島だったら、暮らしてもいいな」

立ち止まると樹木の梢《こずえ》を見上げながら口にする。

「もっと早く、一緒に来れたらよかったんだよね」

立ち止まった良介の腕に、若い日のように腕を絡《から》ませてみる。

「百田先生は休むのが嫌いだったからさ」

「そうだね。……外科医なんて、いつまでも続けられるわけじゃないのにね」

滴は今、自分に言い聞かせるようにそう口にする。

同じ集落にある光の実家で、賑《にぎ》やかな夕食になった。

居間に入りきれないほどのテーブルが並び、光や親戚の女たちが、肉や野菜で次々とチャンプルーを作ってゆく。

滴と良介は、正面に並んで座らされた。

もはやどの人が親戚でどの人がご近所さんなのかわからなかったが、二人は次々と挨拶《あいさつ》を受け、これから赤ん坊が生まれることを祝福された。良介はそのつど、赤い気泡の入ったグラスに黒糖焼酎《しょうちゅう》を注がれている。

「なかなか来《こ》んから、心配《シワ》したがね」

光の父親が、三味線を持って島唄《しまうた》を弾きだした。

光が唄い始めると、母親も間《あい》の手を入れる。滴にとっては叔母にあたる。顔の彫りが深く、唇が薄く、母の面影と重なってゆく。彼女にとっては実の姉の忘れ形見にあたる滴を見て、唄いながら微笑《ほほえ》んでくれている。

ハーレー拝まん人む　拝でぃ知りゅり
（ヨイサヨイサ　ヨーイサヨーイヨイー）
ハーレー神ぬ引合わせに
拝まん人む　拝でぃ知りゅり

会ったことのない人も、出会って始めて知ることができる、これも神様の引き合わせによって。

ハーレー稀れ稀れ汝きゃ拝でぃ
（イチヤヌカラン　ナマヌカランヨー）
ハーレー今汝きゃ拝めば
にゃ何日頃拝むかい

久しぶりにお会いしましたが、今度はいつ会うことができるのでしょうか。

ハーレーあん雲ぐゎぬ　下だろど
（カナシャモチロン　タヨリヤネンドー）
ハーレー吾ぬが愛しゃる人や
あん雲ぐゎぬ　下だろど

あの雲の下でしょう。私の愛《いと》しい恋人は、今頃きっとあの雲の下でしょう。

ハーレー月ぬ夜　浜下りて
（カンユティモレヨ　クビダキシンニョ）
ハーレー哀れ浜千鳥や
吾ば見ち飛でぃ行きゅり

月の夜、浜に下りて見れば哀れにも浜千鳥が、私を見て飛んでゆくよ。


「結婚式をやってもらっているみたいだね」

滴は隣の良介にささやく。

今日の良介は白いシャツに、紺色の洗い晒《ざら》したコットンパンツをはいている。滴も、生成り色のノースリーブのゆるやかなワンピースを着ている。滴の洋服を、よく良介は選んでくれる。色が自然で動きやすく、滴を姿勢よく見せてくれる服を良介は知っている。

「本当の結婚式をやってないからな」

良介も答える。

「撮ってあげるがー」

光が何の躊躇《ちゆうちよ》もなく、夫のプロ用の機材に手を伸ばす。

良介のカメラはボディのあちらこちらに傷のついた一眼レフで、プロフェッショナル仕様の黄色いストラップがついている。同じレンズを兼用できるデジタル一眼レフを買ったはずなのに、使っているのを一度も見たことがない。機材を買うお金を出したのは滴なので、少しは知っているのである。

「あれ、触っちゃいかんかったかい?」

光が二人の視線に何かを感じたようだった。

「いや大丈夫、今のカメラは誰にも撮れるんだから」

良介は相変わらず鷹揚《おうよう》に答えるが、そんなときの少し背中を丸めた姿は、いつもどこか侘《わ》びしく見える。侘びしく、愛おしく、このまま一緒に老いていきたいという切実さが身に染みる。互いに白髪の老人になっても、自分たちはなお求め合い続けられるだろうか。

滴は隣にいる良介の手に、自分の手を重ねている。

光が、二人の姿を写真に収めた。

土産の包みが手渡された。

開いてみると、白地に藍《あい》でアダンの柄が大きく染め抜かれた柄の浴衣《ゆかた》だった。

「そこにいる、義母《かあ》さんが、作ってくれたっち。滴姉にっち。電話が来てからたった二晩で作ったのよ」

光が指差した先には、背中の曲がった光の義母がいる。小さな顔に刻まれた皺《しわ》が、滴には神々《こうごう》しい。老いた人たちの放つ慈愛に満ちた目の輝きが、この先の道を照らしてくれているように思えた。

「元気なクワばきばって産みんしょりょ。それでまた島に連れて来《こ》んば」

——ご恩は、決して忘れません。

滴は、言葉にできない決意を彼女のまなざしの温かさに託すように、頭を深く下げた。

4

外科部長の諸井正二の部屋にいる。

指定された昼休みに、部長室へ入ると、諸井はダブルの白衣姿でカルテに見入っていた。

諸井は五十歳代後半で、白髪混じりの髪をきれいに撫《な》で付けている。

かつて開腹手術で最新の自動縫合器をいち早く使いこなし、後進に広めた一人だった。

「そうか、もう五日経《た》ちましたか。休暇はいかがでしたか?」

諸井が壁にかけられたカレンダーを見上げる。〈百田先生　休暇〉と、シフトが書き入れられてある。

加計呂麻島で買い込んだ、ただ店の名が印刷されただけのビニール袋に入ったかりん糖を一つ差し出す。

「大した土産ではないんですが、美味《おい》しいんです」

「どれ」

諸井は机の上に置いてあった鋏《はさみ》で袋を切って、二本の指でかりん糖を一つ口に運んだ。外科医の指だ。白くて、ふっくらとしており、動きに表情がある。

「好きですね、私もこういう味は」

歯で嚙《か》み砕く音を立てる。丈夫そうな歯が見える。三代前から医師という家系だが、そんな人間はこの病院にもざらにいる。

外科部長の諸井と滴は、幾度も一緒に大きな手術を乗り越えてきた。

心臓外科の新人が患者の大動脈を傷つけてしまい、手術室に血が噴き上がった。危うく人ひとりの命を落としそうになったのを、駆け付けた諸井と二人で食い止めたことがある。

今では、彼自身が直接執刀に当たることは多くない。老眼で近くのものが霞《かす》んで見えるようになった頃から、細かな血管などの切断、剝離《はくり》を伴う手術を嫌うようになった。「お相手願えますか?」と言うのは、医師同士で助手を頼む時の誘い文句である。

諸井の手術助手に起用されることが近年増えた。

四、五時間に及ぶ手術で、神経を消耗するほとんどの部分を滴が担当しても、手術記録の「術者」の欄には諸井の名が記載されるのは仕方のないことで、諸井が鋏や針を動かすときの独特の静けさ、スピードの配分、緊急時のスタッフの動かし方や患者への説明の仕方などから、多くのノウハウを学ぶことができた。

「部長、突然ですが、妊娠いたしまして、七月上旬には出産をします」

奄美空港から羽田へと向かう最終便の中で、滴はほとんど無言だった。眠ってしまいたかったが、目を閉じてみても眠りにつけず、窓から闇《やみ》の空を見つめていた。時々、暗黒の空の中にも雲がとぐろを巻くように、渦巻いているのが見えた。島での休暇を一区切りにしようと考えていた。戻る前には、時期が訪れたことを決断せねばならない。

諸井は、かりん糖の袋にふたたび伸ばしていた手を止めて、こちらを見つめた。

「ほお、それは驚きましたね」

「それで」と、滴は間を置かずに続ける。部長の頭上に航空会社の名前の入ったカレンダーが見える。南国のリゾート地で、水着の女性が微笑んでいる写真だ。

「それで？」

「臨月に入りましたら、医師を辞めようと、この休暇で結論を出しました」

そう口にした滴の心の平静さを支えていたのは、まだ耳元にのこっている奄美の波音だった。医師を辞める日が来ようなどとは、夢にさえ見たこともなかったが、今はなすべきことがある。

「辞めてしまうのですか？」

「片手間に外科医は勤まりません。長い間、お世話になりました」

一気にそう話し終えようとして諸井に苦笑された。

「ちょっとね、百田先生。あなたらしいけど、辞めるっていうのは、そう簡単に言わないでほしいんだな。一緒に、ね。がんばってやってきたんだから」

「すみません」

声が掠《かす》れかける。

諸井は、眉《まゆ》をしかめて唸《うな》る。

「妊娠ですか……それは、喜ばしいことなんだけれど」

感慨深げに、滴の目に見入る。

「まあ、あまりに急な話なんでね。改めて、話す機会は欲しいですね」

滴は、ゆっくり首を垂れるが、言葉がうまく続かず、顔をあげることもできない。

「そこまでは、必ずがんばりますので」

「おやおや頑なだ。……こうなったら、引退セレモニーの日でも作りますかね。そういうのはよく、スチュワーデスとかいった人たちの話で聞くけどね。最後のフライトですか？　僕らなら、最後のオペとなるのだろうか」

滴がはじめて手がけた手術は、急患で運ばれてきた飛び下り自殺の患者だった。頭《ず》蓋骨《がいこつ》、肋骨《ろっこつ》、骨盤がばらばらに崩れていた。よく即死を免れたものだったが、それも時間の問題だった。どうすることも出来なかったが、医局に戻ると、溢《あふ》れる涙を拭《ふ》きながら運針の練習を続けた。

そんなことが、一つずつ思い出された。

諸井は白衣のポケットから取り出したハンカチで白いふっくらした手を拭《ぬぐ》う。繊細なその外科医の手捌《てさば》きに幾度見入ったことだろう。

「ちょうど私の方でも、お話があったんですけど。例のスキルスの患者は、あの後、治療はしないと決めて退院してね。まあ、そんな話はもういいのかな？　とにかく、最後の手術までは突っ走ってもらって」

「そう言っていただけると、有り難いです」

「来週末の、院長紹介の患者の手術のお相手を願いたかった。それは大丈夫ですね？」

滴が頷《うなず》くと、

「百田先生は、今が一番脂《あぶら》が乗っている時期だと僕は思ってる。出産で辞めてしまうのは残念と言っては叱《しか》られますかな。そこが、女医さんなんだろうけれども」

諸井は、椅子《いす》を回転させて壁にかけた丸い時計をちらりと見た。


一週間ぶりに回診をすると、患者たちが声をかけてくる。

「モモ先生、休暇だったんですってね」

尋ねてきたのは虫垂炎で入院した中年の患者だ。幾度か抗生物質で散らしてきたが、効果がなく炎症を繰り返すので開腹切除した。このまえの患者のように悪性の腫瘍《しゅよう》が現れたわけではなく医師たちはほっとした。確か大久保で、煙草《たばこ》屋をやっていると聞いている。

「そうですよ。休暇旅行は、健康な人間の特権です。羨《うらや》ましいでしょ?」

滴は切り返す。

「ひどいなあ」

「退院したら、奥さんに恩返しする旅行にでも出かけて下さいね」

「モモ先生には敵《かな》わないな」

もうじき退院する患者は明るい声を出す。

胆石で胆嚢《たんのう》の癒着がひどく腹腔《ふっこう》鏡手術に手間取った若い女性患者の術後も、順調なようだ。婚約者が見舞いに来ていた。

　十五階の小児病棟では、夕食を食べ終えた患者たちが、それぞれ廊下に出て歯を磨いたり、洗面をしていた。滴は、モモ少年がいた１５６０号室を覗《のぞ》いた。頭に金属のギアをつけた木梨三千男が、待望の一人部屋で、寝そべってテレビを見ていた。バラエティ番組の嬌声《きようせい》が漏れ聞こえている。

「へえ、こんなの見るんだ」

　突然声をかけると、びくっとして振り返る。

「別に」

　背中を向けてテレビを消した。

　小児病棟に用があったわけではない。こうして白衣を着て病院にいる時間も、滴には残り少なくなった。残された時間を惜しむために歩いているようでもあり、病棟にいることで安らいでいるという現実もある。ここでは誰もが病と闘っている。私も彼らと同じなのである。

　帰ろうとすると、彼の方から声をかけてきた。

「あのさ、訊《き》いていい？」

「どうぞ」

この患者は本当にきれいな顔をしている。目鼻立ちが整って、額が広くきりっとした顔付きだ。医師にだって、どうしても贔屓《ひいき》はできる。

「僕みたいに、放射線を何度も浴びると、もう子供ってできないよね？」

目の中の光を不安定に揺らし、訊いてきた。

「だったらそれでいいんだけどさ。避妊とかする必要ないんだし」

わざと悪態をつく。

「そんなこと、誰が言ったの？」

滴は少年のベッドに近付き、体の向きを変えさせる。

「いい？　君が放射線をあてられた時、生殖器はプロテクターで遮断していたはずだよね。頭に放射線を浴びて不妊になることなんてないよ」

「あら、百田先生」

声がして振り返ると、白衣を着た保井きり子が、慌《あわ》てて髪の毛をかきあげながら近付いてきた。

「ほらね、言ったでしょう？　私が言ったって、君は何も信じないんだから」

少年は、カーテンを閉ざしてしまった。

保井はため息をつき、首を横に振る。二人並んでリノリウムの廊下を歩き始めた。

滴は院内ではいつもスニーカーを履いている。保井は白いバックストラップのあるサンダルだ。

二人の足音が自然と重なっていく。

信じていないわけではなくても、患者は何度でもこの言葉を言われたいものなのだ。

大丈夫だよ。

だが医師の仕事は、患者が望むことを告げれば済むわけではない。滴自身も、とても今の自分に気休めは告げられない。

「外科部長に、出産のご予定を話したそうですね」

保井が静かな声色で問う。笑っているようでもある。

「辞めるなんて、私も聞いていなかったから、驚いちゃったな、百田先生」

これまでずっと一緒に肩を並べてきた戦友に、どう答えていいのかわからない。

妊娠がわかった喜びを、はじめて打ち明けたのも、横を歩く彼女だった。夫と事実上の離婚になるだろうことを、保井も教えてくれた。仕事の合間にも、すれ違いざま、互いの姿を見つけては眼差《まなざ》しをかわし、胸の内をそっと分かち合ってきた。

再発の事実を、自分ひとりの胸の内に押し込めると決めたときに、最初に浮かんだのも保井の顔だった。事実を知ったら、一刻も早く治療にかかるように、冷静に諭し始めるに違いない。その言葉の一つ一つが真に迫り、説得の光を放つだろう。最も信頼のおける医師に説得されるうち、一分一秒の延命を求めて揺らいでしまうかもしれない。そして、生んだところで育てられない不安に苛《さいな》まれるかもしれない。

「……休暇がよほど楽しかったんでしょうね。いきなり決めちゃうなんて」

返事をしない滴に、保井は言った。

「後で保井先生の机にも、かりん糖を置いときますね」

「太りそうだな……。一度、先生が話してくれた『吉』のコーヒーでも飲みたいんですけどね」

「よかったら、さっそく今日でも」

「じゃあ、後で内線かけます」

長年友人として付き合ってきた唯一《ゆいいつ》の同僚を欺《あざむ》いている。心の中に、持っていきどころのないざらざらした違和感があった。

滴はエレベーターで、自分の医局のある階下に戻った。

帰京すると、良介に、知り合いのプロダクションから長いファックスが届いていた。仕事の紹介だった。

長期に亘《わた》る、撮影の依頼であるようだ。

重ねると束になるほど分厚いファックス用紙を、良介は帰宅した滴に迷惑そうに見せた。

〈第三セクター　アホウドリの保護増殖事業〉と、その資料にはタイトルがついていた。大型の海鳥、アホウドリの保護増殖のためのプロジェクトが開始される。プロジェクトの全行程を記録するカメラマンを探している。

依頼主は環境アセスメントの合同チームで、撮影した写真はパンフレットなどにプリントされて各メディアに配付される。写真は買い取り制で、門外不出。撮影期間はワンクール三ヶ月単位で、希望は一年間とある。

基本は鳥島《とりしま》でのテント生活になる。

「誰彼構わず、キャンプ生活ができるカメラマンに声をかけているらしいよ。テクニックはほとんど求められていないし、その間一切自分の作品は撮ることができない。役人にそんな離れ小島で顎《あご》で使われるなんてたまったもんじゃないって、みんな笑ってるらしいよ」

縁側の開け放った窓から入る、生温い夜の空気が心地よかった。

アキオが空を見上げて吠《ほ》えている。犬が月に向かって吠えるのは物語の中のことだけではなかった。その向こうに、恋しい相手でもいるかのように喉《のど》を反らし続けている。

「それで、幾らもらえるの？」

滴が問いかけると、良介は驚いたように小さく返事をした。

「月に三十万とか言ってたかな。いかにも人使いの荒い役人たちが設定しそうな金額だよな」

「散歩に出ましょうか。アキオも連れて」

夜気に誘われるように、良介と滴は外に出た。

中杉通りの欅《けやき》の街路樹を通り抜ける。路面を街灯が照らしている。

「吉」の閉店まであと三十分ほどあるが、窓から覗くと、二組の客の姿があった。大きな楽器を椅子の横に置いた学生らしいカップルと、ハンチング帽をかぶった窓際《まどぎわ》の席の常連客だった。良介は、アキオをつなぐリードを街灯にくくりつける。

扉を開くと鈴の音が鳴る。

吉野夫妻が珍しくカウンターの中に並んでいた。

「アキオがすっかりお世話になりました。お陰さまで、元気にしていたみたいで」

滴は、手に提げて来た黒糖焼酎《しょうちゅう》と、例のかりん糖を出す。留守をするときには、いつも吉野夫妻が自宅でアキオを世話してくれる。

頼まず出かけるときでさえ、散歩などに連れて行ってくれているらしい。

「東京は雨続きで、ちょっと可哀想《かわいそう》だったのよ」

秀実は窓に近付いてきて、犬を見やる。

座りながら、滴がふと厚切りの食パンに目をやったからなのか、

「何か、食べます？」

晃三が訊《たず》ねてきた。

夜だというのに、モーニングセットを作ってもらった。

「吉」のモーニングセットには、コーヒーに、トーストとゆで卵とキャベツやニンジンの千切りにドレッシングのかかった小鉢がつく。これで六百八十円だ。

「いい話よね？」

滴がトーストにかじり付きながら言う。空腹になると目眩《めまい》がする。お腹《なか》の赤ん坊が求めているのならいいのだが、がん細胞も同時に太っていっているのかと思うと、気が気ではない。だが食べずにはいられないのだ。食べねばきっと倒れてしまうだろう。

コーヒーをカフェ・オレに替えてもらった滴は、吉野夫妻にも聞いて欲しい気持ちで、話を持ち出す。

「まあ、その話は後で」

良介はコーヒーカップをソーサーに戻す。

「でも、受けてもいいんじゃない？」

「いやだよ」と、良介は短く答えて、滴を見る。そんなとき、良介の目が一気に翳《かげ》って光を失っていく。

「今回は、やめとくよ」

「今回って、じゃ、いつだったらそういうまとまった仕事を受けるの？」

滴は思わず苛立《いらだ》って拳《こぶし》を握っている。

他の客はいつの間にか帰ってしまった。良介は許可を得て、アキオを室内に引き入れた。側《そば》に寄ってきたアキオの頭を撫《な》でてやる。アキオは尾を振りながら、良介を見上げている。

「少なくとも、生まれるまでは一緒にいたいよ。それに、いくらキャンプが好きだといったって、長期間のテント暮らしなんてできると思わないよ」

「生まれる前だから、行って欲しいの。三ヶ月も一年も仕事が保証されているなんて、あなたには願ってもない機会だと思うけど」

そこまで口にして、滴はようやく自分が言い過ぎたことに気付いた。

「そういう言い方はさ……」

良介は言いかけ、カップに残っていたコーヒーを飲み干した。

「俺、先に出るからね」

良介は素早く立ち上がる。アキオのリードを手に巻き付けると、折り畳んだ財布から支払いを済ませて、外へ出た。

願ってもないなどというひどい言葉を、思わず使ってしまった。だが、結婚十年にして、滴の生命の最期になって、子供を授かったことを神様の思《おぼ》し召しとするなら、この仕事だって良介への思し召しに違いないのだった。

もう間もなく滴の腹の膨らみは目立つようになる。仕事も辞めざるを得ない。外科医を引退するのである。収入だってなくなる。僅《わず》かばかりの貯金は医療費が喰い尽してしまい、滴の生命とともに、あとかたもなく消えてしまうだろう。すでにがんの経験者である滴は民間の医療保険にも加入できていない。

生まれてきた子供とふたりで路頭に迷ってもいいのだろうか。

良介は何も知らない。子供が生まれたら、呑気《のんき》に自分が家事をしながら育てる気でいるのかもしれない。

ついこの間までは確かに、滴は内心で両手を合わせ、良介が暇であることに有り難くすがっていたのだった。これで外科医を続けていられる。呑気にそう思っていたのは自分の方だ。

医師になってから少なくとも金の心配をしたことのなかった滴は、夫婦は夜になったら体を交わらせることができるのならそれでいいと思っていた。

ちゃんと調べたことはないが、女性医師の結婚相手や同居人が自分たちより収入が少ないことなど、珍しくないはずだ。翻訳家をしている保井きり子の夫の収入も、不安定だと聞いている。

環境アセスメントが発注してきたアホウドリの撮影は、芸術的な側面には欠けるのだろうが、良介から芸術家になろうとする野心を感じたこともない。写真がうまいとか、味があるというようにも思えない。

だが、願ってもないなどという言葉を使ってしまったのは、滴にとってその方が都合が良かったに過ぎない。

今は、できたらひとりになりたい。

良介に悟られまい、悟られまいと明るく振る舞っていることが重荷なのだ。

彼が離れ小島にこもって収入まで得てくれるなど、本当に願ってもないことなのだ。

生まれるまでは――と、また、自分勝手なことを考えている自分を発見する。

夜の〈モーニングセット〉を食べ終えても良介は戻らず、滴は彼の分のトーストも半分食べた。その日、最後の客となった。

深夜になって帰宅した良介は、不機嫌なままだった。

そのままシャワーを浴び、冷蔵庫から缶ビールを取り出して飲み始める。こちらと目を合わせようともしない。

「ごめんね。気を悪くしたなら謝る」

「別にいいよ」

拗《す》ねた子供のように返事をする。

滴は自分も冷蔵庫を開けると、冷たい牛乳をコップにあけて飲んだ。

ふと良介の中で、妻を思い遣《や》る気持ちが動いたようだった。

「滴は変わったね」と、淡い色の瞳《ひとみ》を揺らしながら言った。

「俺に仕事をさせたいなら、ただそう言えばいいじゃないか」

「良介が正しいと思います」

喉を鳴らして飲み干したコップをテーブルに置くと、思わぬ大きな音が部屋の中に響いた。

良介が正しい。自分は勝手だ。そんなことは百も承知だが今は言わねばならないことがあるのだった。

働いて欲しい。

そのただ澄んでばかりいて、ちっとも情熱の宿らない目で居続けるのを止《や》めて欲しい。宙ぶらりんな自分を、ごまかし続けるのはもう終わりにして下さい。あなたの目の前にいる女の砂時計は加速度を上げて落ち始めているんだよ。夫を突き刺すような心の声が、喉元まで出かかっている。

「私、外科部長に辞めるって言ってきたんだ」

「仕事を辞めるの？」

驚きが、彼の顔の中に静かに広がっていく。

「今まで馬車馬みたいに働いてきたから、もういいかなって思って」

屈託なさそうに言い放つ。またひとつ嘘《うそ》をついた分、心が重くなる。

「だからって、辞めることは」

「外科医はもうできないって、奄美でも話したでしょう？」

「そうだとしてもさ。どうしてちゃんと相談してくれないの」

「良介が働くわけにはいかないの？　今度はあなたが働いてよ」

口調が、つい険しくなる。

良介が、呟《つぶや》いた。「そうだとしてもさ、アホウドリはいやだよ」と、眉間《みけん》に深く皺《しわ》を寄せた。

その瞬間、二人で同時に吹き出してしまった。

アホウドリという名前が可笑《おか》しかったのか、良介が珍しくそうやって怒ったのが可笑しかったのか、どちらのようでもあった。

縁側を眺めるように置いたソファに二人並んで座り、送られてきたアホウドリの資料を一緒に見はじめた。

冬蜜柑《みかん》の皮を、良介がむいて渡してくれた。

〈アホウドリ。

北半球で最大の海鳥。両翼は大きく、広げると二・四メートルにもなる。長寿であり、二十年以上生きる個体もある。

現在の生息数は、六〇〇羽から八〇〇羽で、そのうちほとんどが日本の鳥島（伊豆《いず》諸島に位置する）に生息している。伊豆諸島と、尖閣《せんかく》諸島でも繁殖が見られる。

絶滅の恐れのある野生動物（レッド・データ・アニマルズ）に認定されている――〉

「こんな大きな鳥がコロニーを作っているところ、私だったら見たいなあ」

離れ小島で太陽の陽射《ひざ》しに晒《さら》されながら野鳥の姿を追う。健康な人間の証《あかし》のような仕事だ。

「もう少し調べてはみるけど。滴、本当にわかっているのか？　生まれるそのときに、連絡がつかないかもしれないんだよ」

「だったら私もその島で子供を産もうかな。良介、出産の立ち会いくらい、できるんじゃない。昔取った杵柄《きねづか》っていうやつで」

知り合って今まで、そんなに離れたことは一度もない。連絡がつかなかったことは数日単位でしかない。

自分は、きっと孤独のどん底まで落ちるだろう。毎日部屋に戻ると、一人で病気の進行をうじうじ思い悩み、胎児にも影響を伝えてしまうかもしれない。医師を引退した後は、出産だけを希望の出口に見立てて、暗いトンネルを歩き続けるのだろうか。

だが、こうして、安らかな家にいる時だって、今の私には孤独なのだ。

胸の内をさらけ出せない自分に、安らぎはない。

気持ちを引き締めなくては。良介に飛びついて泣きわめいて、唯一《ゆいいつ》の希望までも見失ってしまいそうだ。

夫の手に、微《かす》かに震える自分の手をかさねた。大きな肩に頭を載せてみた。だが良介は、いつものように優しく撫でてはくれなかった。

良介は、机の上に広げた資料を手にして、自分のコンピューターやマウントした撮影フィルムなどが置いてある仕事部屋にこもってしまった。

窓をあけて空を見上げたが、星も見えない曇り空が広がっているだけだった。

・

滴は外科部長に、当直を増やして欲しいと申し出た。

妊娠が六ヶ月に入ると、白衣を着ていても腹が目立ってくる。長時間の手術では貧血を起こしそうになり、足の高い椅子《いす》を用意してもらうのだが、当直で待機している分にはうとうとと眠っていてもよいので、まだ体への負担が少ないように感じられたからだ。

良介は、依頼を正式に断ったようだ。

滴はこの頃、良介と就寝の時間を合わせないようにしている。

昨夜は、早々に灯りを消した寝室のベッドに体を横たえた。眠りたいわけではなかったが、横たわるとすぐに睡魔が襲ってくる。

だが気がつくと良介が隣にいて、滴の体にごく自然に腕を伸ばしてきた。左の胸に触れてくる。

「大きくなったね」と、真っ暗な閨《ねや》で囁《ささや》くように言ったのが、滴の心臓をどくどくと早く打たせた。

左の胸に、妊婦独特の乳腺《にゅうせん》の張りが出て来たのは知っている。だが右にも、歪《いびつ》な膨らみが目立ち始めている。

「もう眠ってたのよ」

滴は背を向けるが、良介は、手を引っ込めようとしない。

「ただ、触ってみたいんだよ」

そう言う良介は何も変わっていない。夫婦が体を重ねるきっかけは、いつもそんな何気ないことだった。

だが滴は今、そんな良介のごく自然な反応にいちいち怯《おび》えてしまう。家に帰りたくない、と感じるようにさえなっている。

「お疲れさまです」と、医局の同僚たちが帰宅していく。当直のメンバーだけが、出前の弁当を食べている。早々に当直室にこもって漫画などを読み始める医師もいる。

当直でもないのに、予備の当直室に泊まり込むようになった滴は、「百田先生らしい」などと誉《ほ》められることすらある。

当直室は、覗《のぞ》き窓のついたプライバシーのまったくない部屋だ。医局の片隅にある。病室よりも安普請《やすぶしん》の内装になっており、蛍光灯の明かりが目を射るようで、かつては壁や天井の白い色も明るすぎると感じてきた。ちいさなシングルの簡易ベッドと、冷蔵庫とライティングデスクと椅子、小型テレビが置いてあるだけだ。

だが今の自分には、この部屋が一番快適なのである。良介に触れられることもなく、万が一の場合にも医療の設備が揃《そろ》っている。

「百田先生、あんまりがんばりすぎはいけませんよ」

保井が帰り際《ぎわ》に声をかけてくれた。

滴は、パソコンのメールソフトを起動させ、一応ここ数日と似たようなメールを良介に送った。

〈今日は当直ではなかったのですが、急患が入って帰れません。
アキオをよろしくお願いします。
滴〉

夕方になると、腰回りが張ってくる。それが赤ん坊が元気に育っている証拠のように感じられる。

しばらく産婦人科の検診も受けていない。その代わりに、月に一度、こうして当直室に泊まった夜に、同僚たちの目を盗むように乳腺外科の外来に忍び入り、自分の手でエコーを見続けている。

先月は、赤ん坊がきちんと頭を下にしているのを、腹部に当てたプローベが知らせてくれた。深夜の静かな外来の診察室で、モノクロームのモニターに映る子供と会話をする。偶然なのか、ゼリーのひやっとした感触が伝わるのか、子供が頭を下にしたまま左右に動いたりする。両手両足を小さく丸めている。

順調に新しい生命が育ってくれていることに、心底安堵《あんど》する。

プローベの周波数を切り替えて、右胸に当てるのもやめられずにいる。しだいに自分の表情が翳《かげ》っていくのがわかる。しこりも同じように、大きくなっている。日を追うごとに肥大しているようだ。三ヶ月前には直径二センチ程度だったものが、今では四センチはあるだろうか。すでに辺縁不正と呼ばれる悪性腫瘍《しゅよう》特有の歪な影が見える。

〈モモタ　シズク〉という名の患者の新しいカルテが出来上がりつつある。外科医の滴は患者の〈モモタ〉に、冷静に様々な状況を告げることができる。

ご心配なく、お子さんは順調ですよ。しかし、再発したがん細胞も、確実に成長していますね。このペースなら出産前に皮膚から外に膿《うみ》が出てきて、まるで乳房に膿の花が咲いたように見えるかもしれません。肺やリンパ節に転移を始めるのも、その頃になるでしょう。決断するなら、一刻の猶予《ゆうよ》もありません——本当にいいんですね？

当直室に戻ると珍しく良介から二度も携帯電話にメールが入っているのに気付いた。

〈体のことを心配しています。
無理をしないように〉

滴は携帯電話の電源を切った。

当直室の灯りを落とすと、ベッドの中に体を沈めた。

眠りの中に落ちていくことができた。暗い穴の中に静かに落ちてゆく。

〈いくら何でも根を詰め過ぎなんじゃないか？〉

〈手があいたときに、電話を下さい。自宅にいます〉

そうしたメールが続くようになった頃から、良介が家を留守にすることも多くなった。

滴が帰宅をしても、人の気配がない。

縁側に座った滴は、アキオの頭を撫《な》でる。体はそのまま倒れ込んでしまいそうなほど疲れているというのに、気持ちが張り詰め、神経が昂《たかぶ》っていて、うまく眠れそうもない。つい良介が帰宅したのではないかと敏感になって、小さな物音にも耳をそばだててしまう。

テーブルの上には、手書きのメモが置いてある。

〈数日、撮影に出ます。アキオのことは、吉野さんにお願いしました〉

良介の心情にも何か変化が起きているのを短いメッセージの端々に感じる。〈数日、撮影に出ます〉は、思えば、以前から良介の発していたサインなのかもしれなかった。一週間、十日、下手をするとひと月も仕事がないこともあった。そんなときさっと良介は、居たたまれなくなって、〈撮影に出ます〉と書き残してきたのではなかったか。

いつも荷物を詰めて出かけるカーキ色のズック地の鞄《かばん》もそのままだから、長旅ではないのだろう。滴は部屋の中を見渡しているうちに、夫の心の景色を盗み見ているような気になって来る。

滴には二つの時計があり、それぞれが刻々と針を進めている。

子供が生まれるまでは、この緊張の糸を切ってしまいたくない。良介に、嘘《うそ》を見破られまいと毎日心を配る余裕はもはやない。

だが心の奥底では、いつも良介を求めている。全身で求めている。無事に子供を産むことができたなら、抱きついて泣きわめいて救いを求めるに違いない。もう一つの砂時計の砂が落ちていくのを、側《そば》で眺めていて欲しい相手は良介だけだ。

タイル張りの風呂《ふろ》は、清潔に掃除されていた。

キッチンのシンクにも汚れ一つなく、洗濯物もきれいに畳んであった。みんな良介がしてくれていたことだ。とりあえず仮眠をして「吉」に顔を出すつもりが、夜まで眠ってしまったようだ。

玄関で鍵《かぎ》の音がして、良介の足音が響いた。

「あれ、帰ってんの?」という呂律《ろれつ》の回らぬような声がした。

スエット姿のまま玄関に出て灯りをつけると、良介が蹲《うずくま》っていた。撮影ではなかったのだろう。カメラバッグすら携えていない。

「滴ちゃん。あれ、きょうはいたんですね」

いつの間にかまた髭《ひげ》もじゃになった顔の中で、目玉がぎょろぎょろと落ち着きなく動いている。目玉を覆《おお》う睫《まつげ》は雨に打たれた森のように濡《ぬ》れていた。滴の隠し事に、爪《つめ》を立てて襲いかかってくるようにも見えた。

滴はきっと怯えた目を返したのだろう。ぎょろぎょろと動いていた目から光が消えた。

「俺が、嫌いになったの?」

髭だらけの男が、首を傾《かし》げた。

「そうなんだったら、言ってくれないか」

掠《かす》れた声が、酒臭い息と一緒に部屋の中に沈み込むように響いた。

滴は良介を見下ろす。

「酔ってそんなこと言うの、いくら良介だって、嫌よ」

男が近付いてくる。

「酔ってたって酔ってなくたって、俺が今君に訊《き》きたいのはその一つだけだ。返事をしてくれよ」

「私、病院へ行きますから。これから当直なの」

「嘘つくなよ。こんな時間から当直があったか？　逃げるなよ。ただ一言だけ言えばいいんだよ。もう一緒にいたくないって。ひとりで子供を産むことにしたって。そういうことなんだろう」

滴は、大きな体を揺らしてなお近付いてくる良介に言った。

「だったら、どうする？　しばらくひとりになりたいのは確かだわ。妊婦になって、不必要に苛立《いらだ》ったり、感傷的になっている気持ちをうまくコントロールできないの」

「君は、そんな奴《やつ》じゃないよ」

首を傾げたまま、壊れた人形のようにこちらを見ていた。

それ以上心を保つ自信がなかった。滴の内側から良介を突き放すがんという病が憎かった。だが期限はある。あと数ヶ月。

「時間なの」

腕時計をつけた彼の手がこちらに向かって伸びてきた。

「だったら滴、金、置いて行って」

リビングの半分は占めるのではないかと思えるほどの荷物が積まれている。カメラ機材や登山用リュック、段ボール箱などである。機材のうちの幾つかは、滴が新たに手渡した金で揃えたらしい。

良介が、一度断ったはずの鳥島行きを決めたのはその翌週のことだ。学生や研究者からの応募はあったが、撮影を引き受けたプロのカメラマンはやはりいなかったらしい。

「私でよければ行っても構いません。まだ間に合いますか？」

電話口で告げる良介に、プロダクションの社長は、言ったそうだ。

「いやー、百田さん。紹介しておいて何ですけど、本当にいいんですかね。まあ決めたのなら、すぐにでも現地入りして欲しいそうなんですけどね」

気分が変わらないうちに何とか送り込みたいようだった、と自嘲《じちょう》気味に言う。

いつの間にかまた生やし始めていた髭も剃《そ》って、髪の毛も坊主《ぼうず》刈りのように短くしている。流木で作られたテーブルに、二人は向かい合って座っている。

良介は台所から赤いホーローの鍋《なべ》を両手で持って来て、テーブルの上に置いた。

「何だか早くも夏のようだな。暑くてたまらないよ」

そう呟《つぶや》いた。

大きなガラスボウルに茹《ゆ》でた野菜やキュウリやマッシュルーム、オリーブ漬けにしたキューブチーズをざっくりとあえたサラダが完成していた。滴の大好物である。野菜の種類が多く、サラダのわりに手がかかるのを知っている。

嬉《うれ》しそうな顔をすると、良介が氷の浮いた冷たい麦茶を手渡す。

「食べられる?」

滴は頷《うなず》く。テーブルにつくと、青いガラスの深皿に、白い炊《た》きたてのご飯と骨付きラムのカレーがたっぷりとよそわれている。

良介は自分にも皿を並べ、向かい合って座った。

「どうぞ」

良介は大きな掌を差し出す。

目の前にいる男は極悪人で、妻を殺したいと思っているのだという荒唐無稽《こうとうむけい》なストーリーがふと浮かんだ。このカレーには劇薬が入っている。自分は口にしたとたんに苦しみ出す。良介が望むならそれでもいいと思える。

良介を全身で愛している。今さらながらに確認する。

滴は銀のスプーンでカレーをすくい、口に運ぶ。

「昨日から、煮込んでたの？」

「うまいだろう？　プルーンを細かく刻んで入れといた」

良介は、自分も旺盛に口に運びながら答える。

滴はあっという間にそのひと皿を食べ終えた。サラダを一気に食べてキッチンに立ち、ご飯のお代わりを盛った。滴を押しつぶそうとしていた重りのような不安がすっと軽くなり、ただ体が料理を欲した。

「餓《う》えた狼《おおかみ》みたいに食べているよ」

良介は言った。

「そうよ、とっても餓えていたの」

見上げると、良介がいかにも同情のこもった眼差《まなざ》しで自分を見ていた。

最後のクレソンの葉をフォークですくうようにして、口に運んだ。

「新聞で面白いコラムを見つけたんだ。話してもいい？」

良介は、目尻《めじり》に懐《なつ》かしい皺《しわ》を浮かべる。

「ニュージーランドの羊の話だよ。そいつは毛を刈られるのが怖くて、六年間も小高い丘に、たった一匹で逃げ込んでいたんだってさ。ひとりきりでね。その間に毛はどんどん増えていって、結局捕まってみると、毛だけで二七キロもあったそうだよ。そいつの毛を刈る様子はニュージーランド中にテレビ中継されて、刈られてみると、ずいぶんちいさな羊が現れた。その羊は寒いだろうと、羊毛協会から、赤いウールのマントをプレゼントされたそうだ。洒落《しやれ》た話だろう?」

一気に話すと、上目遣いにこちらを見つめた。分厚い唇がかすかに開き、それは滴を誘っているようにも、さよならと言う準備をしているようにも見えた。

「滴の方は、何か、面白いことはあった?」

「昨日腰が痛いと言ってやって来た患者が、今日検査してみると、肝臓がんと判明したという話くらいかな」

夫の顔が曇った。両手をテーブルの上に組んだ良介は滴をじっと見ながら口を開く。

「この間は、プロダクションの社長に、鳥島行きの壮行会と称して、東京タワーを見上げる老舗《しにせ》のうなぎ屋に連れて行かれたよ。その店のうなぎはすべて天然物なんだって。箸袋《はしぶくろ》にはわざわざ〈養殖は使っていないので、うなぎの釣針が入っていることもあります。ご注意下さい〉なんて書いてあったけど、針を見た人なんて誰もいないんだってさ」

滴は思わず笑った。すでに妊婦の顔になっているかもしれない。顔から険が消えて、目蓋《まぶた》が重く、笑うと目尻に皺が寄る。

「君に、しばらく会えないなんて嫌だな」

食い入るように滴の顔を見つめて言った。

「いいんだね？」

「いいんだねって、じゃあ今止《や》めてって言ったら、あなたどうするの？」

「止めるよ。知ってるだろう？　俺は馬鹿《ばか》な男だ」

「あなたは、馬鹿なんかじゃない」

と、まるで子供をなだめるように言ってしまう。

良介は苦笑する。

「馬鹿は嫌いなんだろう？」

また喉元《のどもと》まで、打ち明けたい思いが溢《あふ》れてくる。

明日の朝、目が醒《さ》めたら良介はすでにいないのである。それから少なくとも三ヶ月は、連絡がつかない。叫んでも倒れても、帰っては来ない。

滴は、すでに積まれた荷物に向かって首《こうべ》を垂れる。

「帰った頃には、きっとお父さんだね」

その夜、滴は良介に久しぶりに抱かれた。すでに十分すぎるくらい膨らんだ腹を前に、良介は滴の両足を開き、目をつむりながらゆっくりと入ってきた。

滴の海が生温かく、夫の放つ体液を受け止めていた。良介は、滴の首筋にキスをした。「汗の匂《にお》いがする」と乾いた声で囁《ささや》いた。

〈奄美の神社でもらっておいたお札です。君はこういうの嫌いかもしれないけど、代わりに置いていきます。

良介〉

翌朝目覚めると、手紙と一緒に安産祈願のお守りが机の上に置いてあった。

5

今週は、諸井の助手を三度務めた。

突き出た腹が、今ではオペを進める手の邪魔をするまでになっていた。

仕事から戻り、食事の支度をして、シャワーを浴びる。

この頃は、良介が置いていった杢《もく》グレイのスエットを着て編み物をしている。ソファに足を組んで座り、小さな靴下やケープを編む。もっと軽くて柔らかく、肌に心地よいものが生産されているのを知っているが、我が手で仕上げた物を少しでも遺《のこ》してやりたいと思ったのかもしれない。

体は疲れているが、本を見ながら一つ一つ編み目を増やしていく作業が、滴の心を落ち着かせる。

夜の十時を回った頃には睡魔に襲われる。結局、自分の身の回りのことは何もしないうちに日々は過ぎていく。ウエーブのついた髪はブラシが入らず、黒いゴムで丸めておかねば収拾がつかないほど傷《いた》み放題になっている。新しく買い込んだ数枚のメンズのTシャツと妊婦用のコットンパンツを、洗ってはまた洗っては着と、交互に身に付けているだけだ。自分でも呆《あき》れてしまうが、辞職までの残りの仕事をまっとうできることと、生まれてくる子供のためにこうして精一杯時間が使えることが有り難くもある。

わずかの時間ができると、クローゼットの中や食器棚、冷蔵庫の中や部屋中の窓や桟や、犬小屋などを念入りに掃除した。シーツやタオルをまとめて洗っていると、休みの日でもすぐに日が暮れた。良介がどれだけの家事をこなしてくれていたかが身に染《し》みてもいるのだが、そもそも妊婦は往々にして臨月が近くなるとこの作業を始めるものだそうだ。

欧米では「巣作り期」と、呼ばれているらしい。

巣作り……。良介が鳥島へ行って、ひと月が経《た》つ。

もう、島の生活には慣れたのだろうか。

手紙も電話も、予告通り来ない。

何度か携帯電話を鳴らしてみたが、「デンパノトドカナイトコロニアルカ」という無機質な声が返って来るばかりだった。

インターネットで検索したが、伊豆諸島の最南端部に位置するという島の情報は少なかった。

鳥島は東京からは南へ約六〇〇キロのところにある火山島で、外周は約八・五キロ、周囲は断崖《だんがい》になっている。一九〇二年に度々起きた噴火以降は無人島になったが、以前は集落があった。アホウドリはこの島の崖《がけ》に囲まれたわずかな斜面にへばりつくようにしてコロニーを作る。

島の周囲は、比較的浅い黒色の珊瑚礁《さんごしよう》で覆《おお》われている。沿岸をバンドウイルカが泳ぐ姿を見ることができる。

そんな記述を見ては、奄美とはまた違った島の風景をぼんやりと想像するのだった。一番近い八丈島からも三〇〇キロも離れている。携帯電話も通じない。助けを呼んでもすぐに帰れる場所ではないことは予測がついたが、想像以上に過酷な地域であるのかもしれなかった。そこへ良介を追い込んだのは、他でもない自分自身だ。

妊娠八ヶ月に突入した滴の体は、何をするにも重い。

ベッドサイドにノート型のパソコンを置き、モジュラージャックでインターネットに接続する。

パソコンを起動させ、その心音のような機械音を感じながら、横にレポート用紙を広げ、これからすべきことを箇条書きにした。

1　リストを作る。

2　病院探し。

赤ん坊のために必要な物や育児書を買い揃《そろ》えるためのリストが早急に必要であったし、医者のくせに、出産をする病院をまだ決めていなかった。

定期検診も受けていない妊婦を、その場になって受け入れてくれる産院は限られるだろうことが予測できた。右胸には、想像していた通り、皮膚のすぐ下まで硬直したしこりがせまってきていた。あと二ヶ月もしたら、がんの真上の皮膚の表面は赤くただれ始めるだろう。率直に言って、病院へ行くのが怖いのだった。

医師に、何か恐ろしい現実を伝えられるかもしれない。「もう、母体がもたないでしょう」とか、「この状態で赤ちゃんが産めるとは思えない」とか、そんなことを言われて今さら迷いたくない。たじろぎたくない。

自分自身の気の弱さや生命への執着の強さはよく知っている。十四年前は感情が昂《たかぶ》るままに良介に当たり散らし、彼が精神安定剤を服用する羽目になった。

子供を産むまでは夫に感情をぶつけて怖がらせたくない。

3　引き継ぎのためのデータを、ＭＯファイルに残しておく。

院内の業務で引き継ぐべきことは、すでに妊娠五ヶ月を過ぎた頃からパソコンの中に残し始めていた。来月には、T医大から新しい医者も来る。ひとりひとりの患者の細かな体の癖や、来院時の印象、精神状態など、カルテにはない部分を滴は書き続けていた。少しでも、役に立てばいい。

4　アキオの面倒を、吉野夫妻に頼む……。

命

自分の命を引き継いで生まれてきてくれる赤ん坊の強さを今は信じていたい。モニター画面のシルエットには、二本の足の間に小さなペニスのかたちが見えていた。口に出さないもののそう望んできたのが叶《かな》ったようで嬉《うれ》しかった。良介にそっくりの、健康できれいな顔の男の子がいいと思った。二人が支え合っていく姿を想像するだけで、うっとりした。

箇条書きにする文字に、そんな心が込められていく。

余

がん患者たちがよく口にする言葉がある。

——先生、朝、目が覚めたら、みんな嘘《うそ》だった、がんはきれいさっぱりなくなっていた……。そんな夢みたいなことはないのかなっていつも思うんです。

自宅の寝室のベッドを軋《きし》ませて一人目覚める滴も、医者のくせに、同じようなことを考える。

がんが再発したなんて、悪い夢なのじゃないのか？

目が覚めると、滴はまだ夢うつつのうちに、こわごわと手を伸ばし右胸に触れてみるが、ため息はつきたくない。

すぐに、手を下へと動かしていく。下腹の膨らみこそ、毎日毎日大きくなっている。

こちらも、長い夢ではないのだろうかと思うことがある。

がんは再発などしておらず、妊婦でもなく、良介と二人、阿佐谷の部屋で平凡に暮らしており、カーテンの隙間《すきま》から差し込む眩《まぶ》しい光に目が覚める。毎朝毎朝、目覚めるたびに、ふとそうなのではないかと思ってみる滑稽《こっけい》な自分がいる。

ベッドから腹の突き出たからだを床に降ろすと、ガラス扉を開けて、シャワーを浴びた。下腹部を覆う皮膚が膨らみきった風船のように薄く伸びて、血管を浮かせて見せる。神秘を感じる。経験することができたことに喜びがある。

ハンガーが並ぶ良介と兼用のクローゼットをあけて、妊婦用のグレイのスラックスに、白いシャツを羽織った。

昨夕は久しぶりに美容院へ行った。

美容師は、一滴のこんがらがった髪の毛を指に力を入れて洗ってくれ、水気を取ると、クリームをつけて少しずつ丁寧に櫛《くし》で解いてくれた。

ソバージュの髪が、まともなウエーブを取り戻している。だが、いつものように首筋で一つにまとめた。耳に、特別に母の形見である奄美の黒真珠のピアスをつける。白いスニーカーを履いて駅に向かって歩き出す。いつもの通勤と何も変わりはしないのだが、これが七年勤めた大島総合病院へ勤務する最終日となる。

七年……。この病院にはじめて着任したときには、やけに意気込んでいた。何しろ、大学病院を離れて一般の総合病院へと通うのははじめてのことだった。医療機器も、医師同士の連係の仕方も、勝手が違うだろうことは容易に想像がついた。

それらは微《かす》かな不安であり、期待の方が大きかった。大学病院は、すべての病を研究の対象とする雰囲気があり、チームで治療にあたるため組織的である。大学病院から一般の病院へ転職すれば給料は上がるが、一人一人の患者の病との一騎討ちを強いられる。

一番居心地がよかったのは、医師たちが、大学病院のようなギラギラした野心を持っていなかったことだ。目の前の患者にまっしぐらに突き進む自分のがむしゃらさは、総合病院に向いていた。諸井正二という、卒直で尊敬すべき上司にも恵まれた。

振り返ってみるなら、心身ともにもっとも健康な日々だったのかもしれない。再発の恐怖からしだいに解放されてゆき、夫がいつも寄り添い支えてくれていた。医師としての使命に燃えており、力の限り患者を助けることができた。保井きり子という同僚の存在も、殺伐としたこの世界においてはかけがえのないものだった。駅の改札をくぐり抜けながら、改めて思う。

私は一体幾人の患者と向き合ってきたのだろう。幾種類の病気に関わり、幾度の死に直面してきたのだろうか。

日曜に胆嚢炎《たんのうえん》の緊急手術で開腹した患者は、過去に手術の既往があったため、癒着が思ったよりもひどく、肝臓から一万ccも出血し続けた。朝の九時から始めた手術の間に九千cc以上も輸血したが、途中、何度も血圧が低下した。一命はとりとめたものの、手術室を出られたのは午後の五時過ぎだった。スキルス性の悪性腫瘍《しゅよう》が見つかった患者の病巣《びょうそう》の凄惨《せいさん》さは、まだ昨日のことのように思い出せる。その病巣の光景が、滴に再発を気付かせたのだ。

新宿へと進む電車は混雑していた。さすがにもうオートバイにも乗れないわけだが、大勢の人にもみくちゃにされながら窓からの光景を眺めているのも悪くはなかった。

流れていく色合いに、様々な記憶が重なっていく。

医師であったからこそ出会えた多くの人々が、たくさんのことを教えようとしてくれたのに、自分はまるで何も学ぶことができなかったのかもしれない。

まだ研修医だった頃に、血液のがんに苦しむ患者の壮絶な終わりを見せつけられた。余命がひと月と宣告されてから、彼女は半年も生きることができたのだ。だが半年間、彼女は抗がん剤の副作用で口内炎がひどくなり、流動食しか食べられなかった。ほとんど身動きが取れず、最後は肺に水がたまり、抜いても抜いても、いつも溺《おぼ》れているかのように苦しいのだと呻《うめ》いた。泣き、わめき、家に帰りたいと叫び、物を投げ飛ばし、あらゆる抵抗をした。病室を訪ねたある朝、彼女は新米の医師にこう言った。

「先生、何でも先生の言う通りにします」

その様子を見ていたベテランの師長が、一緒に廊下を歩きながらこう言った。

「先生、あの患者さん、今日逝《い》きますよ」

患者の命の炎は、師長の言った通りにその日のうちに燃え尽きた。

どう生きるか。どう死ぬのか。それは、本人にすら決められないものだ。

誰にも必ず、終わりは来る。

今はあまり先のことを考えないようにと、毎日、自分に言い聞かせている。

今日一日、まだ電車に乗ることができる。命を宿したお腹《なか》を抱えて歩くことができる。七年か。あっという間だった。もっとも苦しかったときでさえ、あっという間だったと、改めて思う。

人の流れに乗って、ごった返す新宿の駅に降りた。

すでに早朝から蒸し暑い陽気だった。

「おはようございます」

いつもと同じように机に向かうと、メモが置いてあった。

〈どこかのタイミングで寄って下さい。

ヤスイ〉

「百田先生、いよいよ今日までですね」

滴が白衣に腕を通しながら廊下を歩いていくと、看護師たちが声をかけてくる。皆それでも長く立ち止まることはなく、急ぎ足の、ありきたりな朝の光景だった。

今日一日がいつものように始まり、終わり、滴だけがこの戦場から離脱してゆく。

これまで病気や海外への転居など、様々な理由で辞めていった医師たちの時と同様だった。よかった。別れの挨拶の時間を設けられたら、自分はきっと思わぬことを口走ってしまうだろう。大して成績が優秀だったわけでもないのに、がむしゃらに外科医なんかを目指した私に、罰があたったような気がします、なんて。

トイレのドアを開けると、案の定、保井きり子がいた。鏡の前で、入念に手を洗っている。

「やっぱり、ここにいたわ」

滴は見慣れたアルミフレームの鏡の中に笑いかける。

一瞬の間がある。

「何だか私たち、いつもここで話をしてきたような気がしませんか？　百田先生が妊娠したというのも、ここで聞いたんだもの」

保井は笑う。

「そうですね。トイレ会議、だったですね」

滴は感傷的に見えないように肩をすくめて見せる。

「有終の美ですね」

保井は滴に静かにそう伝えてきた。「本日は、お相手を、よろしくお願いします」

諸井の計らいで、最後のオペは、保井の助手として立つことになっていた。

予定通り午後には、八歳の小児患者に巣くった若年性胃がんの早期の腫瘍摘出を手伝った。

保井と二人で組むのははじめてだったが、彼女は無言のうちに手際《てぎわ》よく内視鏡を操った。

幾度か彼女の真剣な横顔を見た。額に汗が浮かぶのを、外回りを担当する看護師が拭《ぬぐ》う。滴は、モニター画面で保井のメス捌《さば》きを見つめた。小さな体の透き通るような皮膚にメスを入れる。その手つきは、堂々としていて、狂いがない。

手術が終了した後、手袋をはずして、彼女の背中をとんと押した。

「私の予想より、三十分は早かったかな。小さな子供だから、これで負担も少ないもの。さすがです」

ようやく口にすると、足早に手術室を出た。

同僚が羨《うらや》ましかった。嫉妬《しっと》心も湧《わ》いた。ここで戦線離脱することなく、彼女は経験を積み重ねていき、医師として生涯をまっとう出来るのだから。

最後のオペを終えた感慨を抱きながら、医局へ戻ろうとしていると、ナースステーションで呼び止められた。

「先生、モモ先生、元気な赤ちゃんを産んで下さいね」

声がして顔をあげると、師長と看護師たちが集まって、淡い色合いの小さな花束を渡してくれた。

花束を後ろ手に持ってエレベーターを降り、また廊下を歩み出すと、医局では白衣を着た医師たちも、並んで拍手をして迎えてくれた。

自分の席に戻ると、そこにも大きな花束が置かれてある。折り紙の鶴《つる》を列《つら》ねたものもあった。

「患者さんからですよ。ほらあの、370号室のおじいちゃまです」

事務の女性に耳打ちされた。

案外、落ち着いていられた。心の中ではいつしか奄美の海の波音が響いていた。鈍く銀色に輝く静かな夕暮れの海だ。

「うちの科で産んで下さったらいいのに。そうしたら、あの我慢強いモモ先生も、どんなに痛がってのたうち回ったかって、みんなに、やっぱり話しちゃうかしら」

産婦人科の看護師が口に手を当てて笑う。彼女と一緒に当直だった日に、二人で、未検の、つまりまだ検診を受けた記録のない患者の飛び込み分娩《ぶんべん》に立ち会う羽目になったことがあった。駐車場で外国人の女が呻いているという連絡を受け、一緒に降りて行くと、赤ん坊の泣き声がする。見ると、女のスカートの中で、赤ん坊らしき存在が血まみれで動いている。

「百田先生、もう生まれてますよ」

彼女は困惑した気持ちを隠しきれずに小声で言った。

「飛び込み分娩ですが、引き受けないわけにいきませんね。産科の先生に、何とか来てもらえるようにお願いします」と念を押すように続けた。

二人で、臍帯《さいたい》の先に赤ん坊をぶら下げたままの女を、担荷に乗せて分娩室まで運んだ。もう赤ん坊は産声《うぶごえ》も上げ、自力で呼吸をしているものの、胎盤の処置や裂傷の確認をする必要があった。

母子ともに無事だったが、後に女にＨＩＶの感染があることがわかり、素手で血のついた赤ん坊に触れた二人は、蒼白《そうはく》になった。

皆過ぎた話だが、あのとき彼女が呟《つぶや》いた一言が、今は滴に別の重みを与えている。

「産婦人科の検診をきちんと受けない妊婦っていうのは、ちゃんと理由があるもんなんですね」

医師は、患者が梅毒やＨＩＶなどの感染症を持っているのを恐れるわけではない。

知ってさえいれば、それらの感染を防ぐ方法はいくらでもあるのだが、未検の患者は、自分の感染症をきちんと認識していないことが多い。あらゆる感染症を予想した上で、病院は飛び込みの妊婦を引き受けねばならない。母親が、母子感染を知らないがゆえに、生まれてきた赤ん坊が、危険にさらされるということもある。

病院に検診に行かない妊婦とは、まさに今の自分のことだった。自分が病を抱えているというやましさがあるから、どうにもできないのである。目前にある、この子を産みたいという気持ちだけで一杯なのである。

様々なことが、医局の机に手をかけて立つ自分の脳裏に、浮かんでは消えていく。

「患者さんのことは、どうぞ、くれぐれもよろしくお願いします。引き継ぎの患者さんたちについて、気が付いたことは可能な限りノートをつけておきましたので、読んでいただけたら助かります」

後任の医師は、米村という名札をつけた男性で、長身で鼈甲《べっこう》のフレームの印象的な眼鏡をかけている。すでに同僚たちの輪に溶け込んでいる。

送票を書いておいた荷物の発送を事務の女性に頼み、病院を後にした。

手術着を白衣に着替えた保井が、二階の廊下の窓から滴を見ていた。振り返って、互いに手を振ったとき、青空が目に染《し》みた。

もう振り返らずに、病院の門を出た。

その途端、どっと疲れが出て、呼吸が荒くなった。歩き続けていなければ、力尽きて倒れてしまいそうだった。

下腹に手を当てる。「さあこれで、あなたのお母さんのお仕事はお終《しま》いですよ」と、ひとり呟いている。

肩から提げていた鞄が、急に震えた。携帯電話だ。鳥島に渡っているはずの良介が電話をくれたのだろうか。慌《あわ》てて取り出すと、メールの受信を知らせている。

〈先生、お疲れさま〉

見慣れないアドレスだった。先生と書いてあるから、患者からである。

〈俺は人気者だったから、先生の仕事が今日までだってことを、ちゃんとナースたちから仕入れたよ。俺の方は来週から、築地のセンターでガンマナイフの治療を始めます。モモ先生の言葉で決心できた。本物のヘルメットがかぶれるようになるまで、ヘッドギアで慣れとく。

木梨三千男〉

１５６０号室の木梨三千男は、すでに先月退院しており、国立がんセンター中央病院に移ってガンマナイフ治療を始める。

ガンマナイフは最新の高価な治療機械で、大島総合病院にはまだ導入されていない。脳のその部分にぴったり当たるように、ヘルメットを固定するため、頭《ず》蓋骨《がいこつ》に三、四ヶ所穴をあける。ピンポイントでガンマ線を当てて、エネルギーを集中的に爆発させ、腫瘍を焼き殺す。手術でほとんど摘出できた三千男の腫瘍だが、残りわずかの部位にもガンマナイフを当てた方がいいと、小児部長の反対を押し切ってまで判断を下したのは保井きり子で、彼をわざわざ大島総合病院から退院させて、設備のある築地のがんセンターに紹介し、そちらへこれまでのカルテや治療の履歴を送った。

彼にそう勧め続けたのは保井きり子だったが、少年は、退院を前に滴の当直していた医局に押しかけてきた。

患者が局内に入ることは許されていないので、廊下に出ると、スエットパンツをはいた三千男が真剣に問いかけてきた。

「ここ、辞めるんだってね？」

「へえ、すごいじゃん。何でも知ってるんだね」

「だったら、俺も退院してやろうかな」

三千男の目がわずかに不安そうに揺れたのを見て、滴は両手でそっと彼の痩せた手を握った。

「そうだよ、いつまでも小児病棟に甘えていないで退院しなきゃね」

彼の退院の日には、どうしてもメールアドレスを知らせて欲しいと言われて書いて渡したのだ。三度までなら返信すると約束をしたが、立ち止まったまま滴は片手の中で親指を動かしている。

〈ありがとう。お互いにがんばろう〉


滴が自宅で体から羊水が流れ出ていくのを見たのは、予定日よりも十日以上も早い夕暮れのことだった。

空がまだら模様に染まった、風のない夏の蒸し暑さだけが迫って来る時刻のことだった。

その日の午前に洗濯物を干していると、突然、下腹部に差し込みのような鈍痛を覚えた。胃から背骨にかけて、体じゅうが絞りあげられるような鈍い痛みが来たが、すぐに潮のように引いていった。

医師とはいえ体験したことのない痛みで、滴には陣痛なのかどうか、にわかに判断できない。

玄関にはいつでも入院できるように、ボストンバッグが用意してあった。保険証や現金や寝巻き、母の写真や良介が置いていった守り札などが入っているのを、前夜も確認したばかりだった。

痛みはまた同じようにやって来ては、去ってゆく。腕時計で計ると、ちょうど十分ほどの刻みでやって来始めていた。

落ち着こう。何度も自分に言い聞かせて、ぬるま湯でシャワーを浴びた。

幾度も深呼吸をし、頭の中で何度もおさらいをしていたように、洗い立ての下着やTシャツとスカートに着替えて、ベッドに横たわった。

痛みはしだいに激しくなっていった。ピーク時には体がぐっと丸まってしまい、呼吸もままならないほどで、うめき声が漏れるが、痛みが去ってしまうと、何ごともなかったように本を読むことさえできる。立ち上がって水も飲める。だが波のようにまた、急激にその力が体内から立ちのぼってきて、やがて体ごと絞り上げられる。エアコンは利《き》いているはずなのに、ねばっこい汗が浮かんだ。

良介に、せめて背中をさすって欲しかった。ぎゅうっと体をねじり上げられるような痛みのときには、手を握っていて欲しいと思った。額に浮かんだ脂汗《あぶらあせ》を、タオルで拭《ぬぐ》って欲しい。大丈夫だよ、安心しなさい。何度も耳元で声をかけて欲しかった。

自分たちは繋《つな》がっているのだという思いも、離れて三ヶ月の間、一度も連絡がないことで希薄になっている。せめて無事であることを知りたいとプロダクションに電話をしたが、特に緊急の連絡も入っていないし大丈夫でしょう、という心許《こころもと》ない言葉が返ってきた。

少しでも何か口に入れておこうと立ち上がったとき、ぬるっと温かいものが足の間から溢《あふ》れた。血の混じった大量の羊水が床の上に広がっている。さきほど見た夕映えをふと思い出す余裕はあった。慌ててバスルームから運んだタオルで、膝《ひざ》をついて拭った。もう一度スカートをはきかえた頃には、陣痛は三分ほどの間隔になっていた。

羊水が出てしまったのだから、赤ん坊は自分の中で喘《あえ》いでいるのではないか。病院に着くまで息は保つのだろうか。病院に到着したところで、無事に受け入れてもらえるのか。その間に、子供が生まれ出てしまったら、どうしたらいいのか。情けないほどの動揺が広がった。全身が脈打ち、滴はボストンバッグを手に抱え、通りに飛び出していた。

　ポケットに守り札を入れ握りしめると、空一面に広がった夕映えを、良介も離島から見上げているのだと信じられる気がした。もうじき一つの砂時計が砂を落とし切る。

　滴がタクシーで行ったのは、落合にある聖母子病院というカソリック系の病院だった。

　インターネットで出産のための病院を探しているときに、一人の患者の日記のページで、この病院に行き当たった。

〈看護師さんたちは、シスターの格好をしているし、ロビーにはマリア像があります。私は今、夫の仕事の関係でフィリピンにいますが、出産のために帰国しました。俗に言う里帰り出産ですが、ここでは誰の紹介もなかったのに、受け入れてくれました〉

とあったのだ。

　飛び込み出産であっても、こういった病院なら自分を受け入れてくれるのではないか。夫が付き添えず、検診を受けた記録がなくても、追い返さないでくれるのではないかと希望を繋いでいた。

救急外来でタクシーを降り、すでに陣痛が三分間隔になっていることを告げると、シスターたちがやって来て、滴の状態を見た。

「破水をしているそうですよ」

一人が言うと、それぞれが祈るように頷《うなず》く。

「予定日は、いつです？」

問いかけられて、滴は痛みに蹲《うずくま》りながら、本当はあと十日と少し先であることを答えた。

「検診を受けていない理由を話せますか？」

問われたときの備えはあった。なんと答えるべきか、滴は二つの言葉を、頭の中に書き込んであった。

自分は医師なので、自己診断をしていた、という答え。

そしてもう一つ。

「検診は、初期に二度ほど受けています。その後は忙しすぎて、つい今になってしまいました。夫は離島にいるんです。予定日までには帰ることになっていたんですが」

口にした時に、また激しい陣痛がやって来て、滴はいよいよシスターの腕にしがみつくように蹲った。

「どうか、ここで子供を産ませて下さい」という声は虫の息に近かったかもしれないが、練習していた通りに出た。バッグの中から青い表紙の母子手帳を出した。一人のシスターが滴の体を支え、後の二人は少し離れた場所で小声で話し合っていた。

滴を支えるシスターは、ずっと彼女の背中を摩《さす》ってくれていた。

「よく、一人でここまでがんばりましたね」

シスターはもう一方のふっくらした手で汗で濡《ぬ》れた滴の手を握ってくれる。

「では、入院の手続きを取ります。今、ストレッチャーを回しますからね」

シスターたちがタイヤの音を立てて走ってきて、滴はこの病院に入院できたのだった。

病室までの廊下には、確かに乳白色のマリア像が微笑《ほほえ》んでいた。宗教心などないはずの自分にも、今は美しい顔が胸に染みた。

すでに破水をしているというのに、陣痛は微弱なままで、子宮口が開かない。分娩待機室でふた晩を過ごしていた。入ったときには二人の妊婦がおり、それぞれ家族に付き添われていたが、どちらも昨夜のうちに分娩台へと移され、無事に出産を終えたらしい。一人きりで二日目を迎えたときに、精根尽き果てたかのように、意識が朦朧《もうろう》としてきた。

ふと眠りかけると、痛みがやって来て起こされる。痛みは来ているのに、子宮口は開ききらないため、医師や看護師が入れ代わり訪れては、背中や足を摩ってくれた。

「百田さん、乳頭マッサージを始めますよ」

看護師が分娩待機室へ様子を見に来る。もう破水をしているのだ。大抵の病院なら、この時点で陣痛促進剤を打つか、帝王切開をするだろう。

だが、この病院では、なんとか薬を使わずに自力で出産をさせようとする方針が取られている。自分の医師としての考えとも一致する。

陣痛がなかなか進まない妊婦の場合は、三十分階段の登り降りをして、ベッドに戻ると三十分乳頭を刺激するのだという。だが、羊水の流れ出た滴はもう歩けない。すでに息も絶え絶えで、うつらうつらと眠っているような、ただ痛みと闘っているような朦朧とした状態で、それでもなお自分の中に出産をする最後の力が残っているなどとは到底考えられなかった。

だが、手術着の前を押さえて言わねばならないことがあるのは、はっきりしない意識の中でもわかっていた。

「右胸はいいので、左だけにして下さい」

「片方だけって、どうして？」

「どうしても」

滴は、必死に手術着の前の合わせを押さえる。

「そんなこと言っても、やがては乳腺《にゅうせん》が腫《は》れてきてしまいますよ」

「右は、過去に乳がんをやっているんです」

滴が振り絞るように声を出すと、助産師は一瞬、手を止めてようやく納得する。

「じゃあ左胸だけにしましょうね。ほら、もう出てきていいよ。お母さんの準備はできたから、あとはあなたが出て来ましょうね」

助産師が乳頭のマッサージの指導をしながらお腹《なか》に呼びかける。その声につかの間安らぎ、滴は一分、二分と眠りかける。もしも自分がこのまま力尽きたら、赤ん坊はどうなるのだろうと考える。

産婦人科病棟に赤ん坊を産んですぐに捨てていく母親がいると聞く。救急でやって来る飛び込み出産には、やはり少なからずそんなケースがあり、赤ん坊を捨てていかないように、看護師たちが交代で見張ることもある。

ここで自分が力尽きてしまうのは、子供を捨てるのと同じなのだとふと考える。哀《かな》しくて涙が出てくる。そのくらい、理性を失ってしまっている。

「私の赤ちゃんには、もう水がないんですよ。こんなに時間が経《た》ったらきっと死んでしまいます」

そう口にしてはまた泣く。

「大丈夫です。ほら、ずっと心音が聞こえているでしょう？　ちゃんと心音を聴くのよ。予定日より十日も早いんだもの。赤ちゃんだって準備ができていないのかもしれない。でも、大丈夫。生まれるまで私はずっとついていますよ。そのときが来たら、赤ちゃんがちゃんとお母さんをリードしてくれるから、信じてあげるんですよ」

助産師は諭すように応じてくれる。

彼女の考え方や言葉の使い方は、滴が医療の現場で習ったものとはどこか違うようだ。彼女は赤ん坊の心の中を口にする。

「本当に？」と、滴は自分よりもうんと年若いはずの助産師を見る。

その時だった。

ううっという低いうめき声が思わず溢れた。

背中を鈍器で殴られたような衝撃を受けたと同時に、背骨がぎしぎしと軋《きし》むような感覚を覚えた。

助産師が滴の子宮口を確認する。

「ほらね、来たわ。さあ、ここからはお母さんががんばりますよ」

生まれてはじめて「お母さん」と呼ばれた。うっとりするような響きである。待機室から分娩室まで運ばれ、分娩台に上げられてからは、男性の医師が付いた。

両手でバーに捕まり、足を開いて、促されるままにいきんだ。全身から汗が噴き出た。体中の血管が爆発して切れていく。どれだけ振り絞っても出し切れない力を、その痛みが導こうとするのだった。

「波に乗りますよ」と、助産師は言った。「痛みがピークに来たときに、そう、いきむの。全身で息を止めて」助産師の声も掠《かす》れていく。

「頭が見えましたよ。そう、上手、ほらもう少し、頭が出たわっ息を止めて。長く、長く、もう少しいきみ続けますよ。次よ。次で出ますよ」

最後の激しい痛みに全身が痙攣《けいれん》を起こした。だが痛みが去ると最高の官能を覚えた。良介が、まだ若い夏の日に全裸の体をすみずみまで愛してくれて、音も恐怖も波も存在しない静かな無の境地に達したときの、懐《なつか》しい欠落のない安らぎが、滴を包んだ。

「ほら、赤ちゃんが出て来ようとしていますよ」

助産師は屈《かが》み込んで、滴の体内に指を入れて出口を広げている。

背骨を錐《きり》でぐるぐるとかき回されているような痛みだった。滴は、その痛みが赤ん坊を運んでくれると信じ、呼応するように叫んだ。

痛みの波に乗って、滴は渾身《こんしん》の力を振り絞った。闇《やみ》の中にぽっと浮かぶ白い睡蓮《すいれん》の花が見えた。白い花が暗い水の中にぽっと開いたのだ。

あーっという叫びとともに、産声《うぶごえ》が上がった。

弾力のある肉のついた赤ん坊が取り上げられて、臍《へそ》の緒がついたまま滴の胸に置かれた。全身に薄く血と脂をまとった赤ん坊からは、なぜか海の匂《にお》いがした。

温かく、手足を広げて泣くその赤ん坊の存在は、生命そのものの輝きを放っているかに見えた。

涙がひとしずく、頬を伝って口元に届いた。

「ありがとう」と、赤ん坊に言っていた。

「生まれてきてくれた」

手足を広げて全身で泣く赤ん坊を前に、医師が滴の手術着の胸をはだけさせた時、そこにいた者たちが、息をのんだ。

「百田さん、これは」

医師は、低く唸《うな》りながら眉《まゆ》を顰《しか》めた。

「いいんです。こちらの胸に、私の赤ちゃんを下さい」

赤ん坊の小さな赤い口が、まだ乳も出ない滴の左の乳房に吸い付いた。傷もなく、柔らかく桃色に膨らんだその乳首が、彼の小さな口に含まれたとき、滴は、自分が本当に母になったことを、知ったのだった。

6

滴の腋《わき》の窪《くぼ》みに、赤ん坊の小さな頭が載っている。産毛《うぶげ》に覆《おお》われた柔らかい頭から、乳の匂《にお》いがする。

左の乳房は今では大きく膨らみ、赤ん坊の口が近付くと溢《あふ》れるように乳白色の液を垂らす。赤ん坊の口は、彼女が想像していた以上にずっと強く乳首を含み、ずっと多く乳を吸い上げる。

甘い匂いが滴の体から流れ出し、自分と赤ん坊を包む。彼女はその幸せに酔いしれる。ただ埋没する。

「百田さん、回診です。その後、調子はいかがですか?」

病室のドアがノックされ、お産を担当した眼鏡の医師がやって来た。

今日の午後には退院する予定になっている。五日間の入院の間に、助産師は彼女に、乳のやり方、乳房のマッサージの仕方、おむつの換え方から、ベビーバスのつかい方など、退院してしばらくの間必要なあらゆることを手取り足取り教えてくれた。

時には滴に代わって赤ん坊をあやし、自分の産んだ子をほんの少し遠くから眺める喜びも与えてくれた。

どこから眺めても愛《いと》おしく、赤ん坊は夢のように清潔な生命力に満ち、全身に血をたぎらせて生きている。

「血圧も異常はない。貧血も起きてはいないようだし、子宮の収縮の状態も非常にいいですよ」

滴のベッドサイドに座り、白衣を着た医師はその白く柔らかそうな手で赤ん坊の頭をそっと撫《な》でる。

「ただ、どうしましょうか？」

低く静かな声で言い、医師はメタルフレームの眼鏡越しに、滴の目を見つめた。

「右胸は、治療せずにやってきたんですね？」

医師たちの目は、患者と向き合うときに、なぜそんな風に控え目に揺れるのだろうか。滴は改めて考える。希望よりも空虚さの方が強くうかがえる。

「先生、今になってお話ししますが、私も医者なんです」

滴は腕に頭頂部を載せて眠る赤ん坊を、右手で撫でる。

「ついひと月ほど前、臨月に入るまでは、白衣を着て仕事をしていました。外科医です」

「なるほど」

医師は、軽く溜《た》め息をつく。

「この乳がんは、再発です。十四年前と同じ部位に発症しました。母もがんで若くして他界しています。妊娠を知ったとほぼ同じときに、今回の再発にも気付いたんです。覚悟の上で、産んだ子供です。私の代わりに生まれてきてくれた子なんです」

寝巻きを着て子供に添い寝をしながら、また勝手なことを言ってしまったと反省する。夫と自分の間に生まれてきてくれた子供ではないか。

「さすがに冷静に分析されている。いいでしょう」と、医師は言った。「覚悟という言葉は僕も好きですね。ただ、今回、この病室には、どなたもお見舞いには来なかったようでしょう？」

医師は改めて雑然とした病室の中を見回す。花やカードの一枚もないのだから、新生児を迎えるには寂しいかもしれない。

「主人は今、鳥島という無人島にいます」

自分で口に出しながら、作り話のように聞こえる。

「赤ん坊をずっと一人で育ててゆくのは難しいですよ。どなたかサポートしてくださる方の当てはありますか？　あなたには、余計な心配なのかもしれませんが」

医師は、丁寧な言葉遣いでそうつけ加えてくれる。眼鏡の奥では、空虚を宿らせた瞳が揺れている。

ずっと一人で暮らしてゆくわけではない。あとどれくらい？　もう最初の三ヶ月は過ぎている。良介は撮影を終えて、まもなく私たちのもとへ帰ってきてくれるはずだ。肝心なときにはいつも、側《そば》にいて支えてくれた夫なのだから。

滴の目尻《めじり》から涙が溢れていく。頰を伝って耳元に落ち、赤ん坊の顔にも垂れる。滴の涙は、もう何度も赤ん坊を濡《ぬ》らしている。心細いのか、嬉《うれ》しいのか。生命の眩《まぶ》しさに感動しているのか、行く先への不安に哀《かな》しくなるのか。なんだか混乱している。

滴は、体から溢れ出す涙を拭《ぬぐ》う。

「いざというときのための夫や知人の連絡先は、いつも携帯しています。この鞄《かばん》の中にも入っています」

滴はベッドサイドのボストンバッグに目線を送った。

「ただ、先生」

「ただ？」

「私たちをもう少し、ここに置いていただけると心強いんです。そうお願いできませんか？」

　思いきってそう口にすると、また涙が出た。ホルモンのバランスが急激に変わることで、産後ブルーという症状に陥るとは聞いていたが、理屈ではわかっていても、自分をコントロールできないのだ。

「二、三日程度なら、構わないですけど……」

　側にいたシスターの耳打ちが聞こえる。

「先生、今月も、病床が不足気味なんですよ」

「まあね、ただ」

　医師も同じ言葉を口にした。

「ただ？」と、滴は聞き返す。

「がんの治療を始めるのなら、話は別ですよ」

　そう切り出した医師を見詰め、滴は首を横に振った。

「入退院を繰り返し、抗がん剤で毎日嘔吐《おうと》しながら暮らすのは、今はやめておきたいな。せっかくこの子を産めたんです」

　滴は医師の顔を見上げた。

「シャワーを浴びさせて下さい。予定通り、今日退院の手続きを取ります」

滴は上半身を起こすと、医師たちに「お世話になりました」と頭を下げた。眠っている赤ん坊を、病室に運び込んである透明の小さなベビーベッドの中にそっと移した。一人でも、この子の世話をしてやることくらいできる。この子——名前も決めずに良介は鳥島へ行ってしまった。良一、良太と、良介と似た名を幾つも考え、とりあえず、りょうと呼ぶことにした。

りょうの重さは、たったの二七〇〇グラムである。手首や足首の太さは、十円玉ほどしかなく、寝返りを打つこともない。

良介は、滴がのこしたメッセージをいつ聞くのだろう。出産を終えて、この個室に入った時に携帯電話にメッセージを残した。

——生まれましたぁ。疲れましたぁ。でも、可愛《かわい》いです。男の子だったよ。

電話機に向かって、これまで聞いたことのないようなざらざらした声が自分から流れ出るのを聞いた。いきみ続けたので、喉《のど》がつぶれて野太くなってしまったようだ。

「では、退院の手続きを取りましょうか。百田さん、このたびは本当におめでとうございました」

医師は立ち上がると、小さく頭を下げ病室を去った。

自分は感情を失ったまま、ただ生理に従って生かされているのだろうか。

カーテンを閉め切った自宅のリビングルームで滴は眠り、ケータリングで頼んだ食べ物ばかり口に運び、母乳を滴《したた》らせ、赤ん坊に乳首を含ませている。

他にすることと言えば、赤ん坊のおむつや肌着を取り替えることと、りょうの体を洗うことと、自分の体を洗うことだけだ。

子供を産んでしばらくは戦争のようだと多くの女性が言うけれど、以前と同じように日常生活を送ろうとするからなのだろう。きちんと料理をし、衣類を身に着け、化粧をし、外出もしようとすると戦争になるのかもしれないが、今は、この漆喰《しっくい》の壁の部屋の中に滴と赤ん坊だけがひっそりと生きている。アキオを迎えに行くこともせず、二人でうつらうつらと眠り、赤ん坊が泣けば乳を与える。

左の胸からは乳が出た。溢れるように出るのだ。

滴の体は一日中乳臭く、肌はべとついている。外の暑さは異常なほどだ。滴は驚くほど食べ続けている。

出前で取った寿司《すし》や丼物《どんぶりもの》の容器が玄関に山と積まれている。栄養管理がまるでなっていないのは言うまでもないが、乳が出ているならそれでいいような気がしてしまう。

夜になり赤ん坊が両手を顔の横に上げて眠り始めると、一番近いコンビニエンスストアまで走り、大福餅《だいふくもち》や甘い菓子パンを山ほど買う。大福餅は、日に三つも食べた。それらの糖分もすべて乳になって出ていってしまうらしく、食べても食べても滴の体は痩《や》せていき、退院して二週間経過した時点ですでに以前のジーンズがはけるようになっていた。

いや、それらの養分は乳になっているばかりではなく、おそらくがん細胞にも行き渡っていたのであろう。

いつものように、左胸を出そうとブラジャーを動かしていたときだった。これまでとは違う感触を指が覚え、ふと見ると滴の右胸の皮膚が一枚ただれたようにむけた。オレンジ色に化膿《かのう》したがん細胞が、皮膚を破って現れた。

りょうが、そのとたんに口に含んでいた乳首を放し、大きな泣き声をあげた。魚が腐ったような強烈な臭《にお》いが、皮膚の外に溢れ出した。医師の間で俗に言われる「がんの花」がついに咲いたのだった。甘い乳の香に包まれていた部屋には、突然死の気配が充満し始めた。「だから何よ」と自分の体に向かって抗議したくなる。そんな早くに落ち終えようとしている砂時計は、ぶち壊してしまいたい。壊せないのならば、砂の音に気付かずにいたい。赤ん坊と二人きりの世界にひっそり埋もれてしまいたい。

玄関の扉が静かにノックされる。出前の声でも、何かの勧誘の声でもなく、扉の向こうで遠慮がちな澄んだ声が響いている。

「百田先生、いますか？」

保井きり子が来訪したのは、退院して二週間ほどが過ぎた頃だった。

滴は立ち上がり、扉を少しだけ開いたつもりだった。

「ごめんなさい、子供が寝ているの」

保井は強引にドアを押し開けると、靴を脱いで入ってきた。ほぼ同時に、ハンカチで鼻を抑えた。

「この臭い」

滴は身構える。なぜ保井がここに来てしまったのだろうと思う。保井は、近付いてくると滴の着ていた白いパジャマに手を伸ばし、そっと右胸に触れた。

「これは？」と、保井は静かに訊《き》いた。

保井は白い服を着ている。白衣、いや、白いシャツにブルージーンズだ。それにしても、なぜわかったのだろう。この臭い、と口にしたのは、部屋が散らかっている状態を指しているのだろうか？　それとも乳臭く不衛生だと言いたいのだろうか？　化膿した胸の消毒に使っている消毒薬の臭いを言っているのだろうか？　思考がすぐにはまとまらない。

「『吉』のご夫婦からの連絡で立ち寄ってみたんですよ。カーテンを閉めて家に閉じこもったままで、呼び鈴を鳴らしても、大丈夫の一点張りで扉を開けてくれないし、玄関に出前の皿が並んでいて、心配だって」

保井は目をつぶった。

「そうだったんですね？　急に辞めるだなんて、百田先生らしくないと思っていましたけど、こんなこと」

保井はその場で首を横に振った。

「さすが現役ですね。臭いだけで、わかるのか」と、滴は嘯《うそぶ》く。

滴は赤ん坊のそばをそっと離れて、立ち上がる。カーテンと窓をあける。外の熱気が一気に逆流するように部屋に入ってくる。

久しぶりに陽光を浴び、空を仰いだ。

「私がばかでしたね。あなたって人間を、よく知っていたつもりだったのに」

保井はシャツを腕まくりして、周囲を片付け始めた。

「同僚には、相談できなかったですか？」

「夫にも、相談はしなかったから。だって言ったって、みんな反対したでしょう？　自分で育てられるのか？　とかきかれたって、答えられない。私はずるいの。それくらい産みたかったから」

保井きり子が立ち上がって、突然、白い手で肩をつかんだ。思いの外、強い力だった。だが発した声は、いつもよりもっと小さく、とても落ち着いて聞こえた。

「他に方法だってあった。妊娠を継続するならするで、それだってできる治療はあった。このままでは死なせませんよ。友人にだって、何かさせて下さい」

保井は白い手を握りしめ、震え始めた。これまで他の患者にぶつけたかった感情を、ここで燃やしているようにも、滴には見えた。

保井はその日、滴たちの部屋の掃除をしてくれた。

「吉」から秀実もやって来て、手伝ってくれた。

洗い物を片付け、ゴミを外に運んでくれた。

秀実が、店から持ってきた紅茶の葉に、湯を注いでくれた。

保井は秀実と何か小声で囁《ささや》き合っている。久しぶりに湯が注がれる音を耳にしながら、滴は冷静になって、久しぶりに再会した友人に自分の余命を訊ねた。

もはや、正確に知っておかねばならない。

「保井先生。率直に言って欲しいんです。この子が三歳になるまで、私は生きていられますか？」

秀実が大きな湯のみに注がれた紅茶を運ぶ手を止めた。

「しっかり検査しないとわかりませんよ。とにかく明日にでも病院に来てもらいますから」

おかっぱの髪を、指で耳にかける。

滴は受け取った湯のみを両手で支え、保井と向かい合って座る。自分の体が発している強烈な臭いを申し訳なく思う。紅茶の香りが部屋の気配を変えていく。ゆっくりお茶をいれることすらできないでいた自分は、やはり助けを必要としていたのだと思い知る。

「保井先生は、もし自分ががんになったら、どうします？」

「治療しますね」と、彼女は自分も紅茶に口をつけ、にべもなく答える。

「この国ががん治療の後進国だというのなら、海外でだっていいですよね。フランスがいいかもしれない。最先端といえども、アメリカはお金がかかり過ぎるから。フランスは、治療費が安いんです。生活保護レベルの人でも安心して治療を受ける道があると聞きますよ。外国人にも分け隔てなく治療をしてくれるそうです。抗がん剤が安定して供給されているんでしょうね」

「再発だったら、どうします？」

「でも、できる限りのことはする」

この瞬間にも、体の中を駆け巡るがん細胞が、健康な細胞をじわじわ壊死《えし》させ始めている。腐らせている。保井を目にすると、そんな現実が迫ってくる。

「もし、そのときに妊娠していることがわかったら？」

一気にまくしたてるかのように、滴は矢継ぎ早に問い続けた。

「自分ががん家系で、同じ部位に再発した上に、妊娠しているとしたら、どうします？」

風鈴の音がちりんと響く。生暖かい外気が部屋の中に入り込んできた。

「ね、保井先生だって迷ったと思うよ。だって私たち、もうさんざん見てきたでしょう」

滴は、俯《うつむ》いた元同僚の目元に見入った。閉じた目を覆《おお》う睫《まつげ》が美しかった。

「フランスなんて急に言われたって、私はフランス語なんて、全然話せないんですよ」

溜《た》め息混じりに苦笑していた。

短い沈黙の後で、保井はかすかな声を発した。

「たぶん、一年です」

そう口にして、静かに顔を上げた。穏やかな表情で滴を見つめる。

「花が咲いたら、通常はリンパ節への転移を疑います。骨転移、リンパ節や肺への転移。最後は脳を冒すでしょう。もし何も治療をしないなら、骨転移による骨折で痛みに苦しむか、肺に水がたまって呼吸困難になるか、それらの症状のいずれかが、現れる……。早くて一年、長くて二年。何の治療もしない今のあなたに、余命を訊かれるなら、そう答えます」

「一年……」

滴は思わず息を呑《の》む。

想像していたより遥《はる》かに短い時間だった。いや、妊娠がわかったときから自分はすでに冷静ではなかった。医師として自分が抱えていたリスクを冷静に分析するのを避けていたのだ。

慌《あわ》ててテーブルの上の茶わんに手を伸ばすが、中はすでに空になっている。保井が、滴の手を自分の両手でそっと包んでくれた。乾いていて温かい、ふっくらとした手だ。

「骨転移を起こしたら、赤ん坊だって、もう簡単には抱き上げられなくなるんですよ。妊娠中に使える抗がん剤だってあったんです。今は昔と違うんです。あなたも医師なんでしょう？　この子のためにもできることを見つけなきゃ」

滴は返事ができない。うまく呼吸すらできない。

「最善を尽くしましょう。明日になったら、必ず来て下さい。胸の消毒液とガーゼを用意しときます。母乳を与えるのは、やめるべきです。血液の流れを早くして、病気の進行も早めてしまう」

保井は、りょうを腕に抱いて、そう言った。秀実は二人の話を聞きながら幾度かハンカチで目頭を押さえ、何も言わずに店に戻った。


繋《つな》がっている。

そう信じられるときもあれば、良介はもう私たちのことを見捨ててしまったのだという疑念にかられることもある。約束の三ヶ月をすでに一月近くも過ぎた最近では、むしろ、後者の思いに襲われる日が多い。

良介は自然豊かな鳥島を満喫し、自分たち母子《おやこ》を残してきたことを忘れてしまったのかもしれない。いくら離島での仕事が忙しいとしても、未《いま》だに電話の一本もないし、手紙も来ないのだから。

誰もが断る仕事なのだから、連絡が取れなくて当たり前かとも思う。鳥島へ向かえば自分がどうなってしまうかを、夫は、きっとわかっていたのだろう。

赤ん坊に会いたいだろうに。

電話も通じず郵便も届かないが、りょうの画像を幾通もメールで送っておいた。

「島から船で少し戻って八丈島へ着けば、電話も郵便も普通に届きますからね。研究スタッフはそうやってご家族と連絡を取っているみたいですけどね。まあ、百田さんのところは、やっぱり奥様がしっかりされているから、安心して撮影に没頭されているんじゃないですかね。産み月がかかるのに、行ってらっしゃいと言われたと聞いたときには、プロダクション内では、今時古風な奥さんだねって、いやいい意味でですよ、話していたんです」

良介の安否が気になってプロダクションに電話をしたとき、仲介をした社長はそう言った。

「手紙、そちらに届いていないですか？」

遠慮気味にそう訊《たず》ねられたとき、滴は良介の中の覚悟を感じた。

とにかく三ヶ月は待とうと思ったが、今では毎日のようにメールを送っている。

〈帰って来て下さい。待っています〉

シルバーの携帯電話の送信ボタンを押すが、良介が読んでくれているのかどうかもわからない。そう書き送ったことも数え切れない。

ベッドの上で両手両足を動かしているこの子を見たら、きっと良介にも喜びが広がるはずだ。これでよかったのだ。

いつも、夫婦で決めるべきことを自分で決めてきてしまった。良介は、すべて黙って受け入れて、支えてくれた。良介が大きな存在に思えている。今すぐに帰って来て、私たち母子を抱きしめて欲しい。

相変わらず赤ん坊と二人だけの密室で時間を過ごしている。

テレビや新聞などのメディアにはまるで目を向けなくなった。時折目を通すのは、赤ん坊用の衣類やおむつや寝具のための通信販売のカタログなのだが、あまりに多くのものが陳列紹介されているのだから、大方、不要なものに思えてしまう。

赤ん坊は、乳を吸い、尿や便を出して眠る。ただそれだけの存在だ。夏なので、寝具も大袈裟《おおげさ》なものはいらない。滴のベッドの片隅で、寝かせている。

ひと月が経過した頃から、自分の中の動物的な部分ばかりが際立《きわだ》ってきて、音や匂《にお》いに敏感になり、空から伝わってくる風の匂いや、空気の流れのようなものを感じるようになった。心のどこかでは錯覚だと思いながらも、良介が空の向こうで自分たちのことを想《おも》い浮かべてくれていると感じてしまうのだ。その想いに包まれている安心感にゆるゆると涙が流れ出し、流れた分だけ心の中に温かな水が満ちてくる。

まだ出生届も出していないし、新生児検診も受けていない。

この家を時々訪ねてくれる保井きり子と吉野夫妻が手助けしてくれることで、何とか乗り切れている。

病院の診察は、良介が戻るのを待ってはじめたいと保井には伝えた。そのまま入院となる可能性も高く、彼女も最後には納得してくれた。

——一年。

余命など聞くべきではなかったのかもしれない。

面と向かって言われたそのひと言の重みに時々耐えられなくなって、深夜、眠りから醒《さ》めてしまう。砂時計の砂が、あり得ないスピードで音を立てて滑り落ちているかのようだ。すでに三十日が過ぎたのだから、残された日は三百と三十五日ということになるのだろうか。今日もまたそのうちの一日が、なんということなしに終わっていこうとしている。

滴はパソコンで、日記をつけている。

末期がんと宣告されると、急に日記をつけ始める患者が多い。何か生きた証《あか》しを残しておきたいからなのだろうと思ってきたのだが、それだけでもない。後で誰かの役に立つなら使って欲しいという医師としての根性が、此《こ》の期《ご》に及んで現われてきた。

「りょうたんは、元気かな？」

今日も夜の八時を回って、吉野秀実が訪ねてくれた。

到着すると、必ずりょうをぎゅっと抱きしめてくれる。

両手に重たそうにぶら下げてきた野菜や果物を詰め込んだスーパーマーケットの袋を床に置くと、すぐに赤ん坊を抱き上げ、頬を膨らませて笑わせようとしている。

「滴さん、今日は何が食べたい？」

秀実は、ほぼ一日置きにこうして家に立ち寄ってくれる。疲れているときは玄関先で母と子供の様子だけを見て、玄関にも入らずに帰っていく。頭を下げるばかりで何の恩返しもできないが、人は人に甘えてもいいのだということを、こんなどたん場になって教わっている気がする。

「夏野菜を煮込んだやつ。ラタトゥイユとかいうの？　あれにパスタを絡《から》めたようなのが食べたいんです」

季節が来ると、よく良介が作ってくれた料理だった。

「うん、それなら今日の材料でもできるかな。多めに作って冷凍しておきましょうね」

すぐに小さな台所で、まな板に包丁のあたる音が立ち始める。ニンニクとオリーブオイルの香りが立ち込める。

「りょう、よかったね」

滴はベッドで横たわっている子供に声をかけながら、携帯電話に返信がないことを確認し、小さく溜め息を漏らす。

「ねえ、滴さん、誤解しないで欲しいんだけど、やっぱり私、だんだん辛《つら》くなってきてしまって」

思わず顔を上げると、秀実がこちらを振り返り重たい表情で見つめていた。

「そうですね。こんなにお世話になっていちゃ、やっぱりだめですよね」

「だから、誤解しないでって言ったの。料理なんていいの。二人分作るのも三人分作るのも変わりはしないもの」

秀実は火を止めると、キッチンに置いてあるタオルで手を拭《ぬぐ》いながら、滴の目の前に座った。ショートカットのヘアスタイルに、ノースリーブのグリーンのタートルネックを鮮やかに着こなした秀実が、今日もスエットを着たままの滴をじっと見ている。

「あなたのこと、やっぱりどうしたって私や保井先生だけじゃ支え切れないのよ。正直言うなら、ここに来るのがもう本当に辛いの。じりじりして待ってるあなたを見ていられないんだ」

「良介がいつ帰るつもりなのか、私にもわからないんです」

「もう、やせ我慢もここまでにしたらどうかな。うちの主人は自分が八丈島まで渡って、鳥島に船を出してもらったって構わないって言ってるの。有志にカンパを募ったっていいし」

携帯電話が光り、メールの着信を知らせている。

一瞬、良介かと期待したが、奄美の光からだった。

彼女も、時折短いメールをくれながら、滴たちの様子を案じてくれている。

産後まもなく、りょうの写真を携帯電話で撮影してデジタル画像で送った。そのとき、がんが再発したことを正直に書いた。

「なんでそんな大事なことば、メールなんかで伝えてくるわけ?」

瞬《また》く間に電話が鳴って、光は珍しく怒っていた。

「なんで、島にいたときに話してくれなかったわけ？」

幼い頃に、従姉妹《いとこ》同士、そうして喧嘩《けんか》をしたことを思い出した。夏休みのとき、はしゃいだ滴が、日頃から大人たちから行ってはいけないと呼ばれている山上の祠《ほこら》や、洞窟《どうくつ》の中に悪戯《いたずら》心を起こして入って行こうとすると、神様の罰《ばち》があたると言って、光はむきになって怒ったものだった。

「滴姉は、良介さんをそれで追い出したわけ？　良介さん、再発のことば、知らんのでしょ。おかしな話ち思ったっちょ。あげな優しい男が、臨月の女ば置いて仕事に行くはずないがね。滴姉……良介さんだって、子供に会いたいんじゃないね」

それでも数日後には、彼女の義母がガーゼで縫ってくれたという産着《うぶぎ》や前かけが、油紙に包まれて送られてきた。

〈病院の仕事もあるし、子供たちもいるのでそちらへ行く事はできませんが、気持ちが沈んだりしても、病気のせいだとは思わないように。産後、女はみんなそうなるものです〉

走り書きが添えられていた。

女手一つで子供たちや義父母の面倒を見ている光の逞《たくま》しさが眩《まぶ》しかった。

〈良介さんはまだ帰りませんか？　今日こちらは浜辺の夕焼けがきれいです。滴姉がひとりできばっているかと思うと、心が落ち着きません〉

今日のメールにはそう書いてあった。

今が人生で一番友人たちに支えられていることを痛感する。

以前は自分一人でがんばっているような気がしていた。人々の作る流れを掻《か》き乱すかのような、ただ、がむしゃらな存在だったのだろう。

「良介、もう私たちのことを忘れたのかな」

立ち上がりかけた秀実に、そう呟《つぶや》き、続けた。

「おかしいですよね。いくらなんでも、連絡くらいできるでしょ」

「滴さん。良介さんて人は、いつもかなり努力して、あなたに合わせていたと思うのよ。当直明けには体にいいものを食べさせるんだって、うちの店で料理の本を眺めていたこともあったし。あなたが糠漬《ぬかづ》けが好きだからっていそいそ始めたと思ったら、病気によくないってどこかで読んで、せっかく用意した糠床を捨てたりしてたはずだわ。晴れた日にはお布団《ふとん》を干していたし、滴さんのバイクをよく手入れしていたし……」

一つ一つの状況が、手に取るようにわかる。良介が毎日糠漬けを掻き回していたことも憶《おぼ》えているが、やめた理由は知らなかった。ただ気紛《きまぐ》れで飽きてしまったくらいにしか考えてはいなかった。

「……それを、子供を産むときになって、あなた追い出したんだもの。良介さんだって、それなりの覚悟で向かったでしょ」

秀実は、そう言うと深く溜《た》め息をつき、またコンロに点火する。

滴はパソコンに向かい日記の続きを綴《つづ》る。

〈秀実さんが言ってくれたご夫妻の提案を考えてみようと思う。

ここ数日、腰痛が気になっている。骨転移が始まっていないといいが。

保井先生は、痛みが来たら、良介が帰らなくとも治療に入らねば、骨折が怖いと言っていた。

みんなに迷惑、かけてます〉

今日も、保井きり子が、病院の帰りに立ち寄ってくれた。新宿のフルーツパーラーから買ってきた水蜜桃《すいみつとう》のゼリーを二人で食べながら、彼女はかつて一緒に昼ご飯を食べていたときのように、院内の話をする。

「この間、胆石のオペに入った患者が気が弱くて、どうしても、自分が持ってきたCDを手術の間大音量でかけて欲しいって言ったんですって。それが北島三郎だったって。手術中は全身麻酔で聞こえませんよって言ったんだけど、どうしても頼むって。今日の医局での笑い話だったの」

滴には、大島総合病院の手術室の様子が浮かんでくる。天井から、六灯の無影灯をあてる。サイドからも二機、ライトがあたる。脈拍を伝える計器、自動的に五分おきに血圧を測定する装置などが、一気に稼動《かどう》する。手術台に上がった患者は、その真っ白な空間で、ライトに目を脅《おびやか》され、手足に結ばれた計器に脅され、自分の心拍数が早まっていくのを望まなくても聴く羽目になり、おのずと緊張する。

患者の肩をぽんぽんと叩《たた》き、「大丈夫ですよ。大袈裟に見えますけど、眠っているうちにすぐ終わりますから、安心して」などとよく言っていたものだ。すぐに終わるのは、医師の仕事だけではなかったのか？

「あ、また来ちゃった」

滴は心臓を落ち着かせようと胸を押さえる。

しばらく大きく呼吸を繰り返すと、やがて収まっていく。

この頃は鬱《うつ》症状が始まって、二十代のときに経験したパニックに陥ることがある。保井に頼んで、精神安定剤をもらってある。

「二、三日のうちに必ず来ますけど、私もしばらく休暇に入るんです……百田先生、それでも大丈夫ですね？」

滴は頷《うなず》きながら、深呼吸をさらに二度繰り返した。

「ボストンかな？　ご主人のところ」

保井が冷えきった手を握ってくれながら言う。

明るくそう言い飛ばしてくれたことで、滴の心は軽くなる。

「よくおわかりで」

「だってご主人がいなくなってから、保井先生、やっぱり寂しそうでしたから」

彼女ははにかんだように笑った。

出発の朝に、保井は玄関先にタクシーを停めたまま、約束していた通り、阿佐谷の家にもう一度立ち寄ってくれた。ちょうど、庭に面した窓から朝の柔らかな光が差し込んでいた。犬小屋に戻されたアキオも丸まってまどろんでいる。

玄関先に立つ保井は淡いブルーのジャケットの襟元に、シフォンのスカーフを巻いていた。スカーフの白が光に反射し、眩しく映った。

彼女は、予備の消毒液やガーゼ、テープなどの他、抗生物質やいざというときの痛みどめ、眠れないときのための睡眠導入剤などを、病院の大きな袋に一式用意してきてくれた。

「飲んだっていいんですからね、薬」

こちらの顔を覗《のぞ》き込んで念を押してくる。

「わかってます」

滴は苦笑する。

リビングの中央で、電動式のゆりかごが揺れている音がする。最近レンタルしたばかりなのだが、赤ん坊には心地よいらしく、彼は昼間この中でよく眠っている。はじめは不要だと思っていたが、骨へ転移したときのことを考えて、インターネットの通信販売で急遽《きゆうきよ》用意した。子供は飛躍的に成長していた。ひと月で体重が二倍近く増えた。

ゆりかごだけではなく、先週、生活のための道具をすべてリビングに集めた。中央にあったダイニングテーブルを壁際《かべぎわ》に押しやり、母子の寝具はもとより、パソコンや育児書、音楽を聴くためのCDラジカセ、子供の着替えやおむつやゴミ箱などを皆、手を伸ばせば届くところに配置した。

「言うまでもなく、母乳は終わりですよ。とにかく早く治療に入りましょうね」

「飛行機、乗り遅れても知りませんよ」

玄関先では、タクシーのエンジン音が響いたままだ。

「和彦がボストンへ行くと決めたとき、風景を変えたいからと言ったので、私はてっきり離婚したいんだなと思っていました。だけど、和彦の方は、一緒に行かないかと誘ったつもりだったらしいんです。彼は医者じゃないから、やっぱり妻が休みもなく毎日病気と闘っているところからは、一度離れてみたかったのかもしれません」

そう言って、保井はゆりかごの中の息子の顔をちらっと横目で見た。

「まあ、行ってみないと何もわかりませんけど」

「向こうはいい気候じゃないかな、きっと」

滴の腋《わき》の下を汗が伝った。クーラーが利《き》いているはずなのに、やけに暑く感じられた。

保井を見送る。玄関の前に停めてあったタクシーに乗り込むのを見たとたん、滴は全身から血の気が失《う》せていくのを覚えた。

部屋へ戻ろうとすると、鼓動が自分の耳元に聞こえてきた。

頭の中では、保井が言った、

――骨転移を疑うべき。

――余命は、短くて一年。

そんな言葉がぐるぐると回り、胃がぎゅうっと絞られるのを感じ、ドアを開け放ったまま、トイレに駆け込んだ。自律神経を安定させる薬の力を必要としている。薬の袋が目に迫ってくるようだった。子供がぐずり始める。

滴はリビングに戻り、Tシャツの胸元をまくり上げて、母乳をやってみた。いけないのはわかっているが、彼の唇が力強く吸いつき、今では音を立てて母乳を飲んでくれるのだ。時折、白い乳が溢《あふ》れて胸の脇《わき》に垂れる。その安らぎに目をつむる。しだいに鼓動はゆっくりしていく。

今はこの子がいることが何よりの安定剤なのだと知らされる。

午後の涼しい時間になり、せめて風に当たろうと、滴は麻布のショルダーバッグにおむつやガーゼの口拭《くちふ》きやりょうの着替えを入れて、ブルーのロンパースを着せた。胸のところに、くまの顔が刺繍《ししゅう》された、薄手のものだった。

首から斜めにかけるだっこ紐《ひも》というものも、通信販売で手に入れていた。今は何でもインターネットで見つけられる。病院をやめるまでは、こんなに便利なものだとは知らなかった。

欅《けやき》通りの商店街を歩く。食材を買うつもりだったのに、時折、すれ違う人が赤ん坊を抱えた滴にぶつかって来る。ただそんな気がするだけかもしれないが、人が近付いて来るのが怖い。だっこ紐が右胸の上で擦《こす》れ、そのつど胸の皮膚に、歯ぎしりしたくなるような痛みが走った。

ほうほうの体で帰宅すると、すでに夕暮れが始まろうとしていた。

あと約三百三十日。あっという間に終わってしまう。良介にも会えないまま、残りの日々が過ぎていく。

ここが、我慢の限界なのではないか。

勝手に島に追いやったことを謝るから、帰ってきて欲しい。

こんなに可愛《かわい》い息子がいるのだから、見てやって欲しい。

息子の洋服を脱がせてやろうとベッドに屈《かが》み込んだ時のことだった。

突然、背中にぎくりと座り込んでしまうくらいの痛みが走った。息が引きつり、自分に何が起きたのかわからぬまま、蹲《うずくま》る。揺らいでいた視界がようやく、少しずつ戻って来る。だが全体にぐらぐらと視界が揺れて、一瞬にして掌《てのひら》に滴《したた》るほどの汗が浮かんでいた。

何とか息を吸い込むと、自分がうまく立ち上がれないことに気付いた。やはり骨への転移が始まったのだという思いが脳裏を強くよぎった。

やがて骨が溶けて、すの入った大根のようにすかすかになり、放っておくと首や腰の弱いところから順に骨折してしまう。

痛いなあ。滴はひとりごちる。動悸《どうき》を鎮《しず》めたくて、息子の口に乳を含ませた。無理矢理乳房をあてがっているようなものだ。

その愛《いと》おしい唇、小さく艶《つや》やかな鼻の先、まだうす桃色の目蓋《まぶた》の色、すべてを目に焼きつけておこうと思う。離れたくない。入院などして離ればなれになりたくない。まだ患者ではなく、母でいたい。どこまでも自分勝手な母だから罰《ばち》が当たるのかな。

〈自業自得《じごうじとく》の痛み。やり場がなく、もっと痛い。

良介、早く帰って来ないかな。これも自業自得〉

やっとの思いで、白いノートブックのキーボードに打ちつける。

滴が赤ん坊を抱いたまま路上に倒れたのは、保井がボストンへ発《た》って五日後のことだった。

腰の痛みがいよいよ強くなり、滴は痛み止めを飲む必要を感じた。それには、母乳を止めねばならない。粉ミルクや哺乳《ほにゅう》瓶を余分に買い込んでおこうと、商店街へ向けて歩き始めたときだった。

一歩進むたびに、腰骨がぎしぎしと擦れるような痛みを感じ、脂汗《あぶらあせ》が噴き出した。暑さのせいもあった。残暑の厳しさに加え、胸に五〇〇〇グラム近くまで成長した赤ん坊がぴったりとはりついている暑さは、体重の落ちた身に染《し》みた。

蟬《せみ》しぐれが、集中力を失わせていた。アスファルトの道路に蜃気楼《しんきろう》が上がっているように見えた。ゆらゆらと地面が揺れて見えた。

自転車やオートバイが、自分たちに襲いかかって来るようで怖かった。

同じ速度では歩けない。

全速力で生きている人たちには決して追いつけない。追いつかなくたっていいのだが、それにしても足を一歩進めるだけで息が切れる。こんなに息があがっていては、息子を抱いて薬局まで行って帰ってくることはできないだろう。涼しくなる時間まで待つべきだろうか。そんなことを考えていた矢先のことだった。

急に足下が地面に沈み込んだような感覚にとらわれた。子供の泣き声が響いたような気がした。抱き締めなければ。この子を抱き締めていなければ。

切れ切れの意識の中で、人が集まってきて、自分が救急車に乗せられたことを知った。

息子を抱いていた紐が外され、「大丈夫ですよ。坊やはここに一緒にいますよ」と、救急隊員がペンライトを照らして滴の目を覗き込むのが見えた。

「どこかご指定の病院はありますか?」

そう問いかけてくる救急隊員の白いヘルメットが揺れて見える。一瞬、木梨三千男のヘッドギアを思い浮かべる。彼のガンマナイフはうまく行っているだろうかと、思わぬことが頭をよぎる。

隊員の問いかけに、自分はちゃんと答えられただろうか。

ストレッチャーの進む音、まだ記憶に新しいシスターの格好をした看護師たち。あの白いマリア像が滴の視界の中で揺れて見える……安心してもいいのだと感じる。

救急隊員と、シスターが話しているのが聞こえてきた。

「まあ、君はこんなに大きくなって」

息子がシスターに抱き上げられたのを横目で確認してから、気を失った。

鎮痛剤を投与され、そのまま二日間眠っていたらしい。

「気がつきましたか？　百田さん」

シスターの服装をした看護師の呼びかけで、目が醒《さ》めた。見覚えのある人だ。

上半身を起き上がらせようとして、

「またそんな風に、無理しちゃだめですよ」

そっと肩を押し戻された。

滴は天井を見上げた。周囲を慌《あわ》てて確認した。記憶の断片が蘇《よみがえ》ってくる。そうだった、救急車で運ばれてこの病院にやって来たのだった。だったら、息子はどうなったのだろう。あっ、どこかに置き忘れてきてしまった！　大変なことをしてしまった。

慌《あわただ》しく毛布の中を探り始める。

「大丈夫なんですよ」

肩がもう一度押さえつけられる。

「どこにいるんですか？　だけど、あの子は、母乳じゃなきゃ飲まないんです。粉ミルクだって嫌うのよ」と、看護師に摑《つか》み掛かろうとすると、人の囁《ささや》きが聞こえた。

大きな足音がゆっくり近付いてくる。

「ほらね、坊やはちゃんと哺乳瓶からミルクを飲んで眠っていましたよ」

看護師は目線を上げて、微笑《ほほえ》む。その眼差《まなざ》しの方向に、息子を抱いた日に焼けた男が立っている。

「俺に似て、ちゃんと聞き分けがいいんだよなあ」

夢なのだろうか。だが、もう一度こわごわと声の方向に焦点を定めた。真っ黒に日焼けして、髪の毛を肩のあたりで無造作に跳ねさせている。髭《ひげ》だらけの小汚い男の顔の中で、目だけがぎらぎらと輝いていた。

「さっき、駆け付けてくれましたからね。もう安心ですね」

看護師は言い、部屋を出た。

病室の片隅に大きなリュックサックや段ボール箱、ジュラルミンのケースが置いてある。滴は、自分にかけてあった毛布やサイドテーブルにあったカップを力任せに投げ付けた。薬品の袋や体温計や聖書まで思いきり放った。

薄汚い男が側に寄ってくることも、この部屋に図々《ずうずう》しく入っていることも許せなかった。男が透き通るように白い私の赤ん坊を抱いているのが堪えられなかった。

「帰って。近寄らないで」

良介は、投げ付けられた物から身を避けると、赤ん坊をそっと滴のベッドの隣に置いた。降参だと言わんばかりに、両手を開き肩の高さまで上げた。

「りょうをかえして」

「興奮するな」

静かに吐き出された良介の声に、滴は体の奥底から唸《うな》り声が溢《あふ》れるのを憶《おぼ》えた。悲鳴なのか、哮《たけ》りなのか、大きな声が響くと、看護師たちが飛んできた。

「どうしたんです。せっかくご主人が帰ってきてくれたのに」

「だめですよ。そんなに乱暴なことをしたら、また鎮痛剤が必要になりますよ」

シスター姿の看護師たちが肩を押さえる。

哮りはそのまま嗚咽《おえつ》になって、息が切れ切れになり震えた。

赤ん坊が激しく泣きはじめ、看護師に連れて行かれた。

良介と目で合図を取り合っている。良介が自分の胸に手を置く。任せてくれと言っているようなその仕種《しぐさ》が、一層堪え難い軽薄さに感じられた。

「こんな汚い男じゃないんです。この子の父親じゃありませんから」

ベッドに押さえ付けられた体から、叫び声が出る。

「ご主人はたった今、ヘリで着いたんだそうですよ」

シスターの瞳《ひとみ》が深さをたたえ、訴えかけてくる。その目は信じられる。りょうが生まれた日にも慈愛をもって側にいてくれた。滴はシスターの眼差しに向かって手を伸ばす。彼女がそっと滴の手を握り返し、その手を良介へと手渡そうとする。

怖い。身構える。ぎらぎらとした目で立っている、汚れた男が放っている野生のようなエネルギーが怖い。

激しく首を横に振る。

「ひとりでここまで我慢してきました。私たちも一緒に神様にお祈りしてきました。抱きしめてあげて下さい」

手と手が触れる。びくんとする。

シスターたちは、その様子を目で確認すると、出て行った。

良介が、一度触れた手を自分の方へ引き寄せ、強く握った。

もう一方の手で彼女の額を撫《な》でてくれた。

その乾いた大きな手が温かいことや、体からは樹木のような匂《にお》いがすることや、唇に細かく縦に亀裂《きれつ》が入っていることや、歯が真っ白ではなくあめ色がかっているが、今も歯並びがいいことを見出《みいだ》した。

「どうして、俺にも言えなかった?」

「産ませてくれないって思った。……あなた、私のことすごく好きだから」

「ばかやろう」

長い溜《た》め息のように、声を吐き出した。

良介は額を撫でる手に力を込めた。突然彼は、滴の唇を吸った。ぬるっとしたそのぬめりが、やはり、怖かった。溶けていきそうなのだ。良介の両手が彼女の頰を強く摑む。髭がそこかしこにあたってくる。薄汚く見えた男の体から、懐《なつ》かしい、清潔な命の匂いがしてくる。

彼は滴を力一杯吸うと、荒い息をしながら離れた。

唇に強く刻まれた感触に我を忘れ、畳み掛けるように問う。

「仕事が、ようやく終わったのね？　そうでしょ。島へは帰らなくたっていいんでしょ」

良介は、日に焼けた顔の中で瞳を揺らす。嘘《うそ》をつけずに、また困っている。

「島での生活がひと月過ぎたときに、契約を半年に延ばしたんだよ」

「どうして私に無断で？　プロダクションの社長だって、何も教えてくれなかった」

滴は拳《こぶし》で良介の胸を打つ。幾度も打ち付けて、良介のシャツの胸元を引き摑むと、首筋に顔を埋める。

「……滴、俺、野垂れ死ぬつもりだったよ。君たちに、もうお前は要らないと言われているようで、だったら生きていても仕方がないと思った。男なんてそんなもんだ。用がないと言われたら、どうやって生きていたらいいかわかんないんだ」

「私、何度もメールを書いた」

「知ってる」

良介は滴の手を握ると、片手を背中に添えて体をベッドに戻してくれた。

「知ってるし、俺もずっと滴にメールを書いていた。ただ、送ることができなかった。島での時間が過ぎていくうちに、俺はようやく自分を取り戻したんだ」

「あと何ヶ月ってこと？」

良介は滴の顔の前に指を一本立てる。

「私があと生きていられるのは、三百と……」

滴は指を折って数えようとするが、眠っていた間に忘れてしまった。三百と二十日だったか、十八日だったか。

「吉野さんがヘリを飛ばして下さった。その費用だって、俺、稼がなきゃさ。五日間だけ休みをもらって帰って来た。だけど、まだみんな中途半端《はんぱ》に放り投げてきてしまったんだよ。これからこちらの先生たちと今後のことは話し合ってくるからね。滴たちをもう放っておいたりはしないけど、鳥島へは一度、帰らせて欲しい」

幼な子のようにしゃくりあげた。また不安の渦が押し寄せて来るようで、泣かずにはいられなかった。

ふと見上げると、夫が学生の頃と同じようにじっと静かに見つめてくれていた。なぜなのだろう。ゆっくりと、心の波が凪《な》いでいく。

「私、言ったことがなかったけど、あなたが写真を撮る姿が本当は好きよ」

良介は、目尻《めじり》に深い皺《しわ》を寄せて笑う。

「行ってらっしゃい」

「もう少し寝なさい。今日はずっとここにいるから」

滴は頷《うなず》き目をつぶった。

〈骨シンチ、ＣＴスキャンが始まる。聖母子病院の医師は、できるだけ早く抗がん剤の投与を行いたいと言う。今回の乳がんは、ホルモンレセプター（陽性）。ホルモン療法が有効である可能性が高い。場合によっては、並行して放射線治療〉

日記に、医師から投げかけられる医学用語が増えていく。

翌日から良介に付き添われ、様々な検査が始まった。

一気に聖母子病院の重症患者に組み入れられてしまった。

わずか五日の間に、良介は息子を連れて、医師と掛け合い、役所で様々な手続きを済ませ、プロダクションにも出向いたようだ。

「瞬太」

二日目の朝に、息子の出生をまだ届け出ていないことを確認した良介は、ベッドに向かい合って座り、紙に小さくそう書いた。

「鳥島で毎日レンズを覗《のぞ》きながら、考えていた。どう思う?」

「いつも光り輝く瞬間を切り取るように、それでいて太く……そういうことね。とても、いいと思う」

瞬《また》くという文字の意味が、儚《はかな》さのように感じられなくもない。だが、儚さは今の滴にとって哀《かな》しみの対象ではない。この瞬間の輝きがすべてなのだという思いを、離れていたはずの夫と共有している確かさを感じるのが不思議だった。

「よかった。じゃあ、これで役所にも届けて来るからね。いつまでも届けなしじゃ、こいつも可哀想《かわいそう》だし。リョウナントカ、というのだけは、やめて欲しかったから」

片目をつぶると、目尻に深く皺を寄せてそう笑った。

阿佐谷の家で、瞬太と二人で風呂《ふろ》に入ったのだそうだ。

髭も剃《そ》った顔はこざっぱりして、髪の毛は輪ゴムで一つにまとめられている。ずいぶん日に焼けて皺が深くなった。

四日目には、滴は退院をし、阿佐谷の家ではじめて家族水入らずの晩を過ごせることになった。

退院を前に、若い医師から説明を受けた。

骨折を起こしかけていると思われる箇所は、このまま放っておくと完全に折れてしまうので、車椅子《くるまいす》が必要になる。現在はモルヒネでの痛みのコントロールもかなりうまくいっているけれど、眠気を伴うので、モルヒネを飲み出すとベッドでの生活が多くなってしまう。やはり、一刻も早くハーセプチンなどの抗がん剤投与を始めるべきだと判断する。そう、滴に説明をした。

「まああなたも医師だからご存じでしょうが」

彼がそう付け加えたので、

「今はただの患者です」

滴は苦笑いをする。

「治療は、引き続きこちらの病院でいいんですか?」

何か遠慮がちに訊《き》いてきたのが、印象的だった。大島総合病院の医師だということは、もう伝わっているようだ。

救急車でわざわざここに運ばれて来た自分だが、その先のことはまだ決めかねていた。わがままな患者だとは思うが、今に始まったことではないと開き直ろうと思う。

「少し考えさせて下さい」

「もしも転院するのなら、退院時にデータのコピーは揃《そろ》えておきますからね。お大事に」

医師は慣例通りに言い、カルテに〈second opinion〉と、書き入れてくれた。医療の現場も確実に変わりつつあると滴は感じたのである。

「がんばります」と、滴も明るく答えていた。力みはない。あの、前へ前へという気持ちもない。

ただ、これからは、自分にできる精一杯の我慢をしようと思う。

良介は、医師からの説明に、妻の症状は思っていたよりも深刻で、あとひと月も現地にいられる余裕はない、と感じたらしい。環境アセスメントの東京のオフィスに出向き、これまでの撮影の状況を示し、事情を話し、後任をできるだけ早く探してくれるよう話したそうだ。

「早ければ十日で戻る。島の北側の撮影がまだまるでできていないから、少なくともそこだけは撮影して引き揚げたいんだよ。後は何とか研究者たちにも記録できるはずだから」

約束の五日を過ぎると、良介はリュックを背負ってまた出て行ってしまった。良介はずいぶん頼もしい父親になった。滴にはそう思えた。

目の前に白衣を着たがん専門外来の若い医師がいて、その後ろに保井が立っている。保井の胸ポケットには、昔同様に名札がついていて、ミッキーマウスの顔のついたペンがささっている。製薬会社の人たちが、サービスで置いていってくれるものだ。

「よろしくお願いします」と、滴は持参したデータを彼らに差し出した。担当医と一緒に、保井は数値を真剣な表情で覗き込んでいる。ありがとう、と滴は心の中で呟《つぶや》いている。

彼女がボストンから戻ったのは、滴が入院中のことだった。すぐに聖母子病院まで駆け付けてくれた。そこに良介がいることに驚いていた。滴の緊急用の連絡先には、保井の携帯電話の番号も入っていたので、彼女は病院からのメッセージを成田空港で聞いたのだそうだ。

「なんだ。こんなことだったら、慌《あわ》てることなかったわ。成田で冷たいそばでも食べて来るつもりだったんですよ」

病室に到着するなり、保井は憎まれ口を叩《たた》いて、滴を安心させた。

ボストンはどうだったのだろう。

白衣の内側の心模様は、ここでは見えて来ない。夫婦の亀裂は修復できなかったのかもしれない。良介を見やる視線が柔らかいのは、保井が引き受けた寂しさの裏返しのようにも見えた。

「さっそく抗がん剤治療から始めますよ。通院できますね?」と、担当医がカルテにペンの先をあてながら言う。

「腰の痛みはどうなりそう? 幸いまだ骨折は起こしていないでしょう? 抗がん剤は、骨転移にも効きますからね」

保井が担当医に同意を求めるように言う。

「それでも食い止められなくて、あまりに痛みがつのったら、どうしますか?」

滴が両手を膝《ひざ》に置いてそう尋ねた。

保井が「現在はモルヒネの飲み薬も、パッチ状の貼《は》り薬もありますよ。かなり眠気は誘いますけど……」と続けた説明を、滴は遮った。

「すみません。やっぱり前の病院へ戻ります」

「どうして？」と保井の声が裏返る。

「一応、こちらへもセカンドオピニオンをもらいに来ましたが、治療方針はまったく同じようですし、向こうの方が混雑していないんです。知人がいないっていうのも、気が楽ですし」

「本気ですか？」という保井に滴は首をかしげる。

「ここにいると、外科医に戻りたくなるから……かな」

看護師たちが、診察室を出ようとする滴に、

「先生、お大事に」

と表情を曇らせ、声をかける。少し離れたところで立ちすくんでいる。

「現場の皆さんがそんな暗い顔をしていちゃいけませんよ。ファイト！」

小さく拳《こぶし》を作って見せる。

「あ、すみません」

彼女たちも束《つか》の間《ま》笑顔を見せる。

皆がこんなに清々《すがすが》しく闘っていた場所で自分は働いていたのだ。廊下を以前のよう

にかつかつと歩くことはできなくなったが、歩き慣れた階段を降り、廊下を伝って滴は外へ出た。

瞬太を抱き締めると、ミルクの甘い匂《にお》いがする。上半身を反らせながら、あー、あーと声を出し笑う。

「マーマ、ママですよ、言ってごらん」と、滴は口を動かして見せる。

一日も早く、愛らしい声でそう呼んで欲しいと思う。ママという甘やかな音を口にして、目を輝かせ、自分に向かってハイハイしながら進んで来て欲しい。そして、しっかり記憶に刻んで欲しい。

いや、何も声にしてくれなくても、触れてくれなくてもいいのかもしれない。ただそこに存在してくれていたらいいという思い、今この瞬間こそがすべてだという思いが、くっきりしてくる。

死を見つめたときから、人は皆、別の時計を手に入れるのかもしれない。『モモ』が皆に授けたような、もう一つの時の刻まれ方だ。

その時計の針が動き出すと、一瞬一瞬が大切に輝きはじめる。今そばにいる人の幸せを心底、願うようになる。

〈きれい事じゃなく、自分がいい人になっています。

物欲もなし。でも、食欲はあり。夕食の後に、スイカをひと切れ食べた〉

良介が、島を引き揚げる日を前に、滴は日記にそう書いた。

突然、瞬太が大声で泣き始める。庭ではアキオがその声に呼応して、吠《ほ》え始める。

月の明るい夜だった。庭にテーブルを置いて、スイカを切った。

「今年はもう最後のスイカかな」

立ち寄ってくれた吉野晃三が言い、滴はそんな言葉に自分の心が揺れるのを知る。

自分がスイカを食べるのは、これで最後なのかと考える。

そういうことは、考えないようにしよう。

スイカの切れ端を手にした吉野秀実が、胸に瞬太を抱きながら、隣の椅子に腰掛けている。

秀実が喉元《のどもと》で声を出して小さく笑った。

「今日の滴さんはきれい。久しぶりにきれい。やっぱり私、女の人はきれいにしていた方が好きよ」

聖母子病院で抗がん剤の治療を始める前に、滴は久しぶりに美容院へ行った。髪が抜け落ちる前にシャンプーとカットをしてもらった。良介が帰宅したら、この庭に三脚を立てて、写真を撮ってもらうつもりだ。モップのような、魔女のようなくしゃくしゃの頭の母の姿も、いつか瞬太に見て欲しい。

「良介が帰ってきますから。また鳥島に逃げられないように、気をつけなきゃ」

鳥島で四ヶ月以上にわたって書き続けられていたメールが、滴のメールボックスにまとめて送られてきた。

一気に読むのが惜しい気がして、滴は少しずつ開いている。

自分があれほど不安な思いのうちに過ごしていた間に良介が何を思い、どう過ごしていたのかを知っていくことが、もしかしたらこれからの二人の支えになるかもしれない。

〈潮の音が耳をツンザク。頭、オカシクなる。夕陽を見てもまるでココロが動かない。滴に助けてほしい。乾パンがひと箱ある。こんなまずいもの、喰えないよ。さっきからカモメに放り投げてやってる。カモメが空中でキャッチしたら、帰ってもいいか？　賭《か》けているつもりで、何度放っても凧に飛ばされる。そんなときにも思うんだよ。君だったら、諦《あきら》めないだろ？　キャッチされるまでがんばるだろ？　俺はだめだよな。どうしてこんな賭けしちまったんだろうってもう思い始めてる。喰おうかな、自分で〉

〈はじめて断崖《だんがい》を伝って海に降りた。足ががくがく震える。体なんか全然きたえてない。だったら、どうだ、そのまま波に連れ去られてもいい気がしてしまう。君が望むのならば、それでもいいんだ。俺にいて欲しくないんだろ？　滴、そうなんだろ？　なのに、どうして言ってくれなかった〉

〈俺は君よりバカだ。
何でも中途半端《はんぱ》で、うまくいかない。
お前がいたらそれでよかった。
子供ができるってことが、正直言うとまだよくわかんないんだよ〉

〈俺は、誰にも必要とされていません〉

〈乾パンは、もう空っぽだ。何喰って、凌《しの》ごうかな〉

〈もうずいぶん、この島にいる気がする。医学部にいた年月より長く感じることもある。まるで、ウラシマタロウだ。海の水に映る自分を見たら、本当に白髪がたくさんあって、俺は老人になったのかな。会ったら、滴、驚くだろうな。これでも給料もらっているんだから、やるべきことをやらなきゃいけない。島の全体図をパーツに分けました。一番海抜が高いところから始めるよ。急に海に吸い込まれたくなったりしないように。滴、まず俺が頑張らねばならないんだろ。そうなんだね〉

〈断崖多い。南の岩場斜面に、もう一つ営巣地《えいそうち》が見つかる。滴、信じられるか？　俺が歩いていて見つけたんだよ〉

〈アホウドリの巣を研究者たちが分解したので、内部を一日かけて撮影した。白い産毛《うぶげ》が残っていて、急に、自分もじきに父親になるんだということを思い出して

いますⅴ

玄関でドアが乱暴に開く音がして、良介が大きな黄土色のリュックを背中から下ろした。「ただいま。夕飯に間に合ったかな?」チェックのネルシャツは汚れているのか、煤《すす》けたような色だが、そのまま縁側まで入ってくる。

近寄ると海の匂いがするのに安堵《あんど》感《かん》を覚えた。潮の香りはいつでも好きだ。本当は今だって、良介についていきたいような気がしている。

吉野夫妻が一緒に縁側で出迎えてくれた。

良介は、誰の目も気にせずに、椅子《いす》に腰かけていた滴に近付き、その大きな両手で彼女の顎《あご》を摑《つか》み、優しく唇を重ねてきた。

「もうどこにも行かない?」

良介は瞳《ひとみ》を揺らして、頷《うなず》く。そして、髭《ひげ》に覆《おお》われた口元を小さく動かし訊《たず》ねてきた。

「覚えてる?」

滴は、化粧をしていない顔を赤らめる。少し痩《や》せた分、彫りの深さが際立《きわだ》って、輪郭がよけいにくっきりしただろうか。

「はじめて滴にキスしたとき、こうした」

「私、そのとき、震えてた」

「知ってるよ」

良介は、出会った頃のように心細げにそう答える。

髪の毛の中に良介の手が入ってきて、彼の広い胸に滴の頭は抱き締められる。両胸のなだらかな窪《くぼ》みが、滴は好きだ。良介の体のあちらこちらに、星座を描くように好きな場所がある。

いつも、望むときには望んだだけ、こうしてもらっていたような気がした。自分の人生は、皆より少し早く途切れるのかもしれないが、こんな瞬間を、もう一生分、良介から分けてもらったではないか。

首筋にもキスされた。

良介の体の中央が隆起して熱かった。

いつまで自分の海は、良介を受け入れることができるのだろうか。

7

二〇〇四年、滴のがんは肺転移をおこす。

聖母子病院に入院をして、転移巣《てんいそう》を取る手術を二度受ける。

瞬太の一歳の誕生日を、病院で祝う。院長が、瞬太に機関車の絵のついた風船を一つ手渡してくれた。

二〇〇五年、抗がん剤ハーセプチンが効果をあらわし、腫瘍《しゆよう》マーカーの値も安定する。

保育園に通う瞬太の送り迎えの大半を滴が担《にな》うことができた。

瞬太は歩き始める。身長が九十センチを超える。

滴は自分の闘病の克明な記録をインターネット上で発表し始める。乳がんのサポート団体との連係が始まる。

二〇〇六年、一人で入浴中に突然首の骨を折る。深夜に救急車で運ばれた先で意識を失う。脊髄《せきずい》の損傷は免れるが、首にギプスをつけたままの生活が始まる。

瞬太は言葉を話し始める。

朝、良介が保育園へ瞬太を送る。写真整理などの作業も含め、フォトバンクで契約社員として働き出す。

瞬太がはじめて口にしたのは「まんま」。ご飯のことでママではなかった。

調子が良い日には、滴が料理をする百田家の新しい風景ができる。

二〇〇七年、滴、胸水がたまり入退院を繰り返す。

聖母子病院から、きり子の転職した国立病院に移る。正式に離婚し、姓を「保井」から「山田」に戻していた。

様々な抗がん剤の投与が続く。心臓へのアタックが強く、しだいに立てない日が多くなる。

瞬太と滴は、絵本の本棚を〈枕元《まくらもと》の本〉と名付けて、毎日一冊ずつ読む約束を始める。

滴、乳がんの記念シンポジウムで立って講演をする。

良介は、この年の年末、奄美の自然について触れた滴の講演を聴き、家族三人での奄美への移住を決める。良介は、漁協の手伝いに入る。

二〇〇八年、奄美の新居の海辺に面した窓際《まどぎわ》のベッドが、滴の定位置になる。

体重、三十キロ台の前半。

出かけるときにも、車椅子《くるまいす》に乗ることが多くなる。

五歳になった瞬太は、奄美の幼稚園に通いはじめる。

幼稚園で、はじめての加計呂麻島《かけろま》でのサマーキャンプを体験する。

山田きり子の尽力で、東京の国立病院と奄美の病院の間に医療チームができる。

——二〇〇九年七月、奄美大島

波の音が、深く灰色の海の底を這《は》うように響いてくる。

ネイビーのTシャツに短パンをはいた良介の横には、ベージュのキャップをかぶった瞬太が、よく日に焼けた両ひざを腕で抱えて座り、ようやく空が明け始めた蒼白《あおじろ》い水平線の彼方《かなた》をじっと見つめている。

「大丈夫？　寒くない」と、良介が後ろを振り返る。瞬太がその声で振り向き、白い歯を見せてにっと笑う。手を伸ばしてくる。もうしっかりと関節の出た骨ばった手になっている。爪《つめ》が白く浮いて見える。

滴は、車椅子に乗っている。膝《ひざ》には毛布がかかっている。もはや立ち上がることは難しいが、彼らの横で同じように波の音を聞き、空を見つめることはできる。

「雲が心配だね。向こうへ行ってくれるといいんだけど」

瞬太は、まだ六歳なのに、ずいぶんとはっきりとした言葉遣いをする。

この夏、七月二十二日、奄美大島からトカラ列島一帯が、皆既日蝕《にっしょく》の見られる位置に入った。これを見に、さまざまな国籍、肌の色を持った人たちが、海岸中を埋め尽くすかのように集まっている。その時を待って、ただじっと空を見上げている。

砂浜に寝そべっている若いグループもあれば、肩を組んで見ている男同士のカップルもいる。写真やビデオを撮影している人たちもいる。良介の手にもカメラはあるが、彼は三脚を立てるでも特殊なレンズを用意するでもなく、足に履いてきたビーチサンダルさえ脱いでしまい、砂の上に座っている。

皆この一瞬を、見逃したくないと思っている。

全身の動きがままならず、すべての痛みをモルヒネでコントロールされている滴も、薄らいでゆく意識の中で同じように、一瞬に触れようとしている。

あれから六年、こんなにも多くの経験ができたのだった。

二〇〇三年の冬、滴は自分の乳房に乳がんが再発したことを知った。知ったが、誰にも告げなかった。

良介と二人で奄美へ出かけ、テントを張ってキャンプをした。二〇〇九年の夏に皆既日蝕があることを、良介に教えられた。その時、お腹《なか》には瞬太がいた。瞬太が生まれてくることばかりが頭の中にあった。日蝕の頃には自分はその場にいられないだろうと思っていた。

再発したがんを片方の乳房に抱えた滴の体の中で、瞬太は健やかに育ち、生まれてきてくれた。

あれから六年——。

あのとき、余命は、一年だと告げられた。

だが滴の砂時計は、思いの外ゆっくりと落ちていってくれた。抗がん剤や放射線療法を取り入れながら、まださらさらと、残り僅《わず》かなその砂を落とし続けている。この世界に生きる者として、女として、母として、いまだ猶予《ゆうよ》を与えられている。

おお、と海辺がどよめいた。

雲の厚い層が動き、太陽が顔を出した。空が明るく染まる。

「よかった、あと三分で、始まる」

良介がハミルトンの腕時計を見て言う。元々は滴が腕に巻いていたものだ。

寝そべっていた体を起こす人たちがいる。海辺にはさらに人影が増えただろうか。

地元、奄美の人たちにとっても、この海辺で見るのは生涯で一度きりの日蝕になるだろう。

「いよいよ、始まるわ」

滴の後ろに場所を移してきたのは、阿佐谷の吉野秀実と、晃三の夫婦である。

良介が奄美に誘うと、「吉」を休んで駆け付けてきてくれた。

久しぶりに会った瞬太を、秀実は「しゅんしゅん」と呼び、眩《まぶ》しそうに見た。

「ねえお母さん、日蝕って、なんだか命みたいだね」

瞬太は口にした。

——命みたいだね。

瞬太は、時々そんなことを言う子供に育とうとしている。

病身の母と暮らすうちに、万物の放つエネルギーに敏感になったのかもしれない。

日蝕はどんな現象をさして言うのだったか、滴は忘れてしまった。瞬太の図鑑にあったような気がするが、何か考えようとしても、集中力は長く続かない。だが、今、滴は、きらきら揺れる水面がとてつもなくきれいだと、思う。

大きな神秘を待ち受けている。

始まった。太陽と月が重なった。

思っていたよりずっと早く二つは重なり、太陽がすっぽりと隠され、空に突如暗闇《くらやみ》が広がる。夜が明けたはずの空に再び闇が訪れ、突然世界が一変する。薄闇に包まれた海岸からは、波の打ち寄せる音だけが響く。

いや、太陽はまだしっかり輝いている。確かに月の背後で輝いている。

「ダイヤモンドリングだ」と、海岸で声が上がる。月の周辺に、ごく細い光の輪が、空に浮かび上がって来る。

「海にも映っているよ」と、瞬太が言う。水面に銀色に、そのダイヤモンドリングは光っている。興奮した人たちの甲高い声があがり始める。

滴はゆっくりと手を伸ばして、息子の声に応《こた》えるように瞬太の細い肩をさすってみる。痩《や》せ細った手は彼にとっては枯れ木のようにしか見えないのかもしれないが、まだ温かさを保っている。

太陽が、遮られた月から滲《にじ》み出すように、発光してきた。青く、白く、光ってくる。

まるで高温に沸き立ち熱を放つかのように、発光している。

本当に生命のようだ、と滴は思っていた。青く白く、その光は荘厳《そうごん》さに満ちている。

シャッター音が周囲で響き渡っている。

波の音も響いている。

海辺は異様な興奮に包まれている。

「言葉にはできないものだな」と、後ろで晃三が秀実の肩を抱いている。二人とも、風避《よ》けのためのウィンドブレーカーを着ている。風にはためいている。

「まだまだ、私たち、見ていなかったものがたくさんあるのね。震えちゃうの、意味もなく」

秀実も小声で言う。

やがて重なった二つの球体は、静かに離れていく。

太陽がじゅっと燃える火の玉のように再び現れて、月の重なる部分だけ欠けて見える。そこにもまた、命を感じる。

欠けた太陽がしだいにその姿をはっきり取り戻していく。

空が明るくなっていく。

太陽が帰ってきたのを知る。

「グッ・モーニン！」と、大声をあげる外国人たちもいる。

「太陽の向こうに、もうひとりの僕がいて、こっちを見ているみたいだった」

瞬太は母の顔を見上げて言う。

こんな神秘に出会ったのは、はじめてのことだった。滴の淡い意識の中を様々な記憶がゆっくり蜻蛉《かげろう》の羽根のようにきらきら輝きながら現れては薄れていった。

いつでも自分勝手に突っ走り、良介を巻き込んでしまっていた。やがて自分の中から前へ前へと乗り出そうとする気持ちが薄れていった。そんなことをぼんやりと思い出す。

しばらく、放心状態の中にある。誰もが呆気《あっけ》にとられていたかのように残像を見ており、あたりは沈黙に包まれている。

やがて少しずつ溜《た》め息や吐息がざわざわと聞こえ始める。

「しゅんしゅん、ちょっと海岸を歩いて来ようか。奄美のおばちゃんたちも、向こうに来ているでしょ？」

秀実が、晃三と一緒に両側から瞬太の手を繋《つな》ぎ、海岸へと進み出した。

良介が振り返り、滴にカメラを向けてシャッターを切る。

「またあなたは、大事なものを撮らずにおわったわ」

滴は力なく笑みを浮かべる。カメラマンたちは、昨夜から岸壁のところで三脚を立てて陣取り、ずっとカメラを構えていたようだ。

「いいんだよ。今日だけはいい」と、良介は言う。

良介らしいその言葉に鼻の上に皺《しわ》を寄せて笑う。

良介も笑う。目尻《めじり》の皺が深くなった。髪は白いものの方が多くなった。腰回りに少し肉がついただろうか。だが、そこにある輝きはやはり、太陽の核融合の熱のように良介そのものに見える。

「な、ここに来られたろ?」

そう、彼が付け加える。

昨年の夏、家族が奄美に転居したとき、良介は幾度も日蝕を見る約束を口にした。アダン光に古い空家を探してもらい、瞬太と一緒にペンキを塗って、住まいにした。アダンの木に囲まれた海辺の高床式の家で、家賃は三万円だった。治療費や、これからの瞬太にかかるお金を考えると、その家賃はありがたかった。

だがこの一年の間に、滴はいよいよ腰椎《ようつい》の骨折を起こして車椅子の生活になり、時には貧血を起こしたり、体調を崩して、幾度かは名瀬の病院に入院をすることになった。

　先の予定があるのは嫌だった。吉野夫妻がやって来ると聞いても、そこには自分だけがいないのではないかと孤独になった。そんなことが感じられる都度、滴は彼あてのメールをパソコンの中で必死に指で押したものだ。

〈今は先のことを、考えたくありません。ごめん〉

〈いいよ。だけど、行けたら行く、それでいいんだから。ゆっくり考えよう〉

　良介の返信は、いつもそんな風に慰めてくれた。

　一緒に住んでいながら、二人はよくメールを送り合った。滴は体調次第で精神的に不安定になる。せめてメールの中だけでも、逆境の中で逞《たくま》しく、病に対して理性を保つことのできるもうひとりの自分を育てていきたかったのかもしれない。良介が、必ず少しのユーモアを付け加えてくれたのも救いだった。

　滴は弱音を吐いたり、何度も良介に食って掛かる自分を、もはやもて余していたのだろう。良介も、気休めで滴をなだめようとはしなくなった。

〈あとは祈ろう〉という言葉が、互いのメールの中に増えていった。

「夢の、ようだなぁ」滴はそう口にしながら、やはり無念だった。本当は、今、この瞬間にも泣き出したいのだ。

いつも、何をするにも闘いながら生きてきた気がする。いや、今だってまだ闘う気力は残っているはずなのに、良介は、まるで自分たちが、とうにこの闘いから退いたかのように祈ってばかりいる。

悔しい。彼にも瞬太にも、本当はもっと強い自分を見て欲しかった。こんな風に、病に打ちのめされた姿ではなく、妻として、母として、そして医師として潑剌《はつらつ》と生きる姿を見て欲しかった。良介や瞬太に大切にされるばかりではなく、頼られる存在でありたかった。だが、労《いたわ》ってくれる二人の気持ちを考えると、感情を露《あらわ》にすることはできなかった。

「夢じゃないよ。そうだ、毎年この日は家族でこの海に来ようか……ん？　滴聞いてる？……」

聞こえている。だが何故《なぜ》か音が弱まっていく。もう十分ではないか。ふと、内側からそんな声がした。

海岸線で、息子が貝を拾っているのが見える。良介も、その姿を目で追っている。

「ありがとう」と、滴は伝えたかった。声が静かに溢《あふ》れたのが嬉《うれ》しかった。届いていないようにも思えた。それが哀《かな》しかった。

「ねえ、ほら、見て。この巻貝、長いよ。砂に埋まっていたの、吉野のおじちゃんが見つけてくれたんだよ」と、瞬太が駆け寄ってくる。「先っぽをひょいと拾ったら、こんなに長かったの」

いつやって来たのだろうか。浴衣《ゆかた》姿の光やその子供たちも海岸にいる。瞬太は奄美で少し年上の再従兄《はとこ》たちに出会った。今は一緒に海に潜ったり、虫捕りを教えてもらったりしている。

滴の脳裏には、目にしたばかりの日蝕の、青く白く発光した様子が焼き付いている。

命は、眩しく燃える光なのかもしれない。やがて、燃えつきる。

「滴姉、奄美にがーし大勢人が集またぶんや、見ちゃんことがねんや」と光は笑っている。

うん。奄美に、こんなに人が集まっているところ、見たことないね。

彼女は、今日は浴衣を着てやって来た。滴と揃《そろ》いのアダンの柄の浴衣は、彼女の義母が縫ったものだったが、彼女も、昨年には他界した。

——奄美にがーし大勢人が集またぶんや、見ちゃんことがねんや。

頬を撫《な》でていく風のように心地の良い音だ。まるで、空の向こうから母が語りかけてくる声のように響いてきた。いや、母なのだろうか。

子供たちが、もう一度波打ち際《ぎわ》まで駆けて行き、良介が彼らの後を水飛沫《みずしぶき》をあげて追いかけていく。何故かまた、空が突然翳《かげ》ったようだった。だが、彼らのシルエットからは光が溢れ、輝いている。

打ち寄せる波の音が、急に大きくなったように滴には感じられた。滴の体から力が抜けていき、オーロラのように揺れる光が溢れ出した。波が足下まで近付いてきて、温かい水に自分の体が一瞬のうちに満たされていくように思えた。

終章　月明かり

「父ちゃん、来たよー」と、赤いTシャツを着て自転車を漕《こ》ぐ瞬太が、細いあぜ道をこちらに向ってくる。郵便局員の自転車を追い抜くようにスピードを上げた。痩《や》せた体に長い手足がひょろりと伸びている。学校ではカカシという渾名《あだな》をつけられて時折からかわれていることを、父親には言えずにいる。そんなことでめげてなんかいられないと思うとき、瞬太は母親譲りの目鼻立ちのくっきりした顔に意志がこもるのを感じるのである。

郵便物を受け取り、配達員にきちんと「ありがとうございました」と頭を下げた彼は、高床式の家の中に、縁側から転がるように入ってきた。脱いだデッキシューズのつま先はすっぽり穴が空いている。瞬太の足先はその分煤《すす》けたように黒く、爪《つめ》も清潔とは言えない。

庭の畑でさつまいもを掘っていた良介は、額の汗を軍手の甲で拭《ぬぐ》う。軍手を外すと、

「おう」と言って息子の手から一通の郵便を受け取った。

半ズボンをはいた瞬太が、雨風で晒《さら》された縁側にぴったりと良介の横に並んで腰かける。

鋏《はさみ》で、開封しようとする良介に、

「ちょっと待って」

そう声をかけると郵便物を取り上げて、奥の座敷へ行く。

父の机の上に写真が立てかけてあった。

まだ家族が東京に住んでいた頃の写真だった。

阿佐谷の家の庭に、柴犬《しばいぬ》のアキオも写っている。アキオは二年前に奄美で老衰による最期《さいご》を迎え、庭のタロイモの畑に埋められている。

母の髪には、魔法使いのように、ウエーブがかかっていた。そんな頃の写真だ。

瞬太の記憶の中の母は、いつも耳をふんわり隠すようなかつらをかぶっていたが、その写真の中の母はまだ若くふっくらとして、髪の毛も黒くて多い。

だが目の色だけは同じだと瞬太は思っている。黒々と光ってこちらを見ている。

優しいようなちょっと怖いような、喜んでいるような、哀《かな》しみを湛《たた》えているような、

見つめられたらどぎまぎしてしまうような目だった。

だからいつも、母の前ではついおどけてしまった。

母が「瞬ちゃんたら」と、笑ってくれるのが嬉《うれ》しかった。

「今年こそ、受かっていますように」

瞬太は母の写真に、細い指の伸びた両手を合わせた。

「早く持ってこいよー」

父は呑気《のんき》そうな声を出す。

この二年、毎日机に向かっていた父が、本当はどんな思いでその結果を待っていたか、瞬太は気付いている。疲労の末に机に突っ伏して眠っているところも、よく目にしたものだった。

顔の前でちょきちょきと動かす音を立てて、父が待っている。

瞬太が手渡し、郵便が開封される。

父の手は器用に動く。毎日、油ぞうめんや焼飯やトマトのスープ、色々な料理を手際《てぎわ》良く作ってくれる。潮で錆《さ》びた自転車も直してくれる。母がいなくて寂しい夜には、横で背中を擦《さす》ってくれた。風呂場《ふろば》で泡だらけにして洗ってくれたのも、父だった。

ふうっ。父が開封した通知の文字を見て長い溜《た》め息をついたのを、瞬太は息を呑《の》んで見守っている。

「瞬太、受かってたよ」

良介は顔をくしゃっと歪《ゆが》ませた。心底ほっとしたのか、縁側に両手両足を伸ばし、寝そべった。

「父ちゃん、おめでとう」

瞬太は嬉しくて、父の腹の上に転がるように乗ってみた。

「やめろよ、くすぐったい」

「だって、すごいじゃないか、父ちゃん」

父はまた、伸びをして大の字になる。瞬太も、その横で真似《まね》をすると、父が足で蹴《け》ってきた。瞬太も蹴り返した。

二人で蹴り合ううちに、おかしくなって身を捩《よじ》って笑った。

もうとっくの昔の若い日に、大学の医学部を卒業した父が、国家資格をなぜずっと持っていなかったのか。合格するまで、なぜそんなに長い年月がかかったのかを瞬太は知らない。

母が静かに息を引き取った二〇〇九年まで、父は医学書すら手放したままだった。

だがその年、東京で行われた母の葬儀の席で、父は列席してくれたたくさんの医者たちの姿をじっと見ていた。何だか、気後れしているようにもみえた。

父の中で、どんな変化があったのかはわからない。父は奄美に戻ると、オートバイの後に瞬太を乗せて、月明かりの中をゆっくり走った。やがてスピードをあげていった。

「怖いか？」

ヘルメットのシールドをあげて訊《き》いた。瞬太は、怖かったが首を横に振った。

「お母さんも、よくこうして走ったんだよな。お母さんはすごいよな。運動神経も全然よくなかったのに、三十歳を過ぎて大型二輪の免許を取りに教習所へ通ったんだぞ……」

父は漁協の仕事の合間に医学書を鹿児島まで買いに行き、その日からひたすら机に向かうようになった。背中を丸めて分厚い本を読む父は、瞬太の目にも健気《けなげ》だった。

二人きりの暮らしであっても、胸の内のすべてがわかるわけではない。

母からは、もう少し大人になったら、父と母が交換したたくさんのメールを読んでいいとフロッピィディスクに入れて手渡されている。お父さんには秘密だよ。ここには、お父さんとお母さんがまだ命の限りを知らなかった頃からのありのままのやり取りがあるよ。母は悪戯《いたずら》っぽく笑って手渡してくれた。

メールを読めば、無口な父の気持ちも、もっとわかるようになるのかもしれない。

ただ、八歳になった彼にもわかることがある。

それは、父が毎日、太陽が昇って沈むのを見届けながら、母を全身で思い起こしているということだった。

引用書籍
『モモ』ミヒャエル・エンデ著／大島かおり訳（岩波書店刊）

医師の小野寺潤子先生に医学的記述の監修を、山下稔浩・美登里ご夫妻に奄美の文化と方言についてのご指導を賜った。

その上で書き進めた小説の文責は、すべて著者にある。

谷村志穂

解説

野崎歓

主人公の百田《ももた》滴《しずく》は、総合病院の勤務医。医学部の同級生で、医者にならず写真家の道を選んだ夫・良介と二人、満ち足りた夫婦生活を営んでいる。十四年前に乳がんにかかったもののすっかり治癒し、再発へのおびえも薄らいでいた。

そんなある日、滴は自分が結婚十年目にして妊娠したことを知る。喜びに浸ったのもつかの間、滴はかつての病の再発を、自ら発見してしまう。

何ともドラマチックな設定である。とはいえ現在、三十代から六十代前半の女性の死因の第一位は乳がんだというのだから、決してありえない話ではない。治療に専念するとしたら、出産はあきらめざるをえない。逆に、治療をあきらめてしまえば、無事に子どもを生むことはできるだろう。がん細胞は胎児にまでは決して転移しないからだ。とはいえ出産の代償として、文字どおり自分の生命を縮めなければならない。「妊娠した女性にがんが発症すると、免疫《めんえき》反応が鈍くなり、ホルモンが増えるなどの影響で進行が早まる可能性が高い」からだ。「すると余命は三年か、二年か」

現役外科医というヒロインの設定が、ここでひときわ効いてくる。自分の陥った苦境をクリアに見通せてしまうせいで、彼女は気の毒にも、ひときわ救いのない状況に追い詰められる。しかも滴は、がんの再発を周囲の人たちに打ち明けようとしない。信頼する同僚にも、そして夫にさえも。もし打ち明けたりしたら、無謀な出産をやめるよう説得されるに決まっているから。

「新しい生命に賭《か》けたい。滅んでいく自分の肉体を新しい命に繋《つな》げたい」

主人公はきっぱりと、孤独な決断をする。そこから彼女の、たった一人の戦いが始まる。

いわゆる難病もののドラマということになるのだろう。とはいえこの小説は、湿っぽい感傷に浸されてはいない。むしろ、最後までつらぬかれる希望のポジティヴな輝きに満ちている。それは何よりも、ヒロインである滴みずからの放つ輝きだ。

幼くして不治の病に蝕《むしば》まれた子どもや、働き盛りに突然、余命わずかであることを宣告された一家の父親と日常的に接し、彼らを励ましながら治療に力を尽くす。それを自らの天職とし、日々奮闘してきた主人公には、生と死のはざまに立って戦い抜く気骨とエネルギーがそなわっている。

とはいえ、滴は別段、超人的な強さにめぐまれた女というわけではない。むしろ、患者たちとの触れ合いのなかで気弱になったり、自分の非力に打ちのめされたりする姿から伝わってくるのは、どれほど気丈に見えようと、彼女がやさしく柔らかな心をもった平凡な女性であるという事実だ。ただしそれは、決して他人に依存することなしに、自分のこころざしをつらぬく勇気をもった女性なのである。

「すべての病気が治せるなら、どんな努力でもしてみせる」そんなひたむきな思いに燃えながら、昼は菓子パンをそそくさとかじるだけで診察に追われ、手術をこなす。誠意あふれる頑張り屋の女医さん像がしっかりと描きこまれているだけに、読者としてはどうしたって彼女を応援せずにはいられなくなる。なにしろ物語の後半以降、滴はあろうことか、やさしい夫を——考えあって——遠ざけてしまう。そうやって、完全に孤立無援の状態を自分で作り上げたうえで、がんを抱えての出産という難行にぶつかっていくのである。破水した滴は「聖母子病院」にタクシーで飛び込み、「どうか、ここで子供を産ませて下さい」とシスターに懇願する。そこからの展開はいよいよ、圧倒的な迫力で描かれていて、読者は祈るような思いをこめてページを繰るばかりだ。

何といってもこれは、母は強し、の物語であり、それに比べて父の影は薄いといわざるをえない。でも同時に、これが出産の真実なのかもしれないと思う。どんな母親も、産むときはたった一人なのだろう。そして、あたらしい生命をもたらすために自らの身体を危険にさらす点でも、滴のケースは本質的に、あらゆる妊婦に当てはまる部分をもっている。そうした大きな試練に立ち向かう女性を前にして、男は良介のように、「俺は、誰にも必要とされていません」とすねたくもなる。

だからこそ、これはひょっとしたら、女性読者にも増して男性読者をこそ畏怖《いふ》の念と感動で打ちふるえさせる作品ではないだろうか。白状すると、読み進めるうち不意に胸の奥深いところを揺さぶられて目頭が熱くなり、ページの途中で止まっては、気を取りなおして立ち戻るということをぼくは幾度もくりかえした。

滴が故郷の奄美《あまみ》大島の夜の浜辺を歩くところや、お腹《なか》の中の子供と絆《きずな》を強めていく場面などは、何とも切なくてやりきれない。

ところが当のヒロイン自身は全編をとおし、毅然《きぜん》としてめったに涙など流さないのだから立派というほかはない。

その滴が、珍しく「幼な子のようにしゃくりあげた」場面がある。一度戻ってきた良介が、仕事を片づけるためもう一度家を離れると言い出したときのことだ。困難の連続を歯を食いしばって耐えぬいた気持の張りがぷつんと切れたのだろうが、彼女が良介をどれだけいとしく思っているかのあかしでもある。

そういえば、乳がんの再発を悟っても涙しなかった滴が、夫の顔を眺めているうちに「視界が滲《にじ》み始める」という場面があったことも思い出される。そしてとうとう生まれてきた息子は、やがて「母親譲りの目鼻立ちのくっきりした顔」の少年に育つ。彼はまさしく母親の身代わりとして、夫に残されるのである。

そう考えてみると、冒頭に記された「ある夫婦の物語である」の一句がにわかに重みを帯びてくる。これは素晴らしい出産のドラマである以上に、一方の死を超えて生き続ける、夫婦のあいだのたぐいまれな愛の物語なのだ。冒頭と結末が、父と息子だけしかいない、ヒロイン不在の光景になっているのが何ともいえず胸を打つ。しかもそこには、良介が滴にいだく変わらぬ思いがあふれている。滴の存在は、父子をいまなお守り、導きつづけているとさえ感じられる。

そこにあるのは、ひょっとしたら女性にとっての究極的なファンタジーなのかもしれない。出産が長引いて二日間苦しみぬいた末に、ついに赤ちゃんが出てきたとき、滴の全身はあまりの激痛に痙攣《けいれん》を起こす。だが、そのあとで訪れたのは「最高の官能」だった。これもまた、ただ固唾《かたず》を呑《の》んで読むしかないくだりである。しかしそのエクスタシーをさらに突きつめたところに、自己を滅ぼしてしまうという境地があるのかもしれない。作品冒頭と結末は、そんな完全なエクスタシー――語源的には「自己の外に出る」という意味だ――に到達したヒロインの目から見た光景であるような気さえする。

いや、そんなこちたき議論はともかくとして、滴の忘れ形見である瞬太のいきいきとした描写を読むだけで、またしても熱いものがこみあげてくるのをいかんともしがたい。

著者である谷村志穂さんは、ご自身、お子さんを出産なさり、育児に追われつつこの大変な力作をお書きになったと聞く。もちろん、小説のストーリーは純然たる想像の産物だとしても、ご自身の経験から得られたものも多々おありだったろう。人生上の大きなできごとを、谷村さんは小説の世界へとみごとにつなげたのである。良介のいう、滴の「心の強靭《きようじん》さ」とはもちろん、谷村さんご自身がわかちもつものにちがいない。

（二〇〇八年九月、フランス文学者）

この作品は二〇〇六年五月、新潮社より刊行された。
文庫化にあたり全面的な改訂を行った。

谷村志穂著

海猫（上・下）

島清恋愛文学賞受賞

薫――。彼女の白雪の美しさが、男たちを惑わすのか。許されぬ愛に身を投じた薫と義弟・広次の運命は。北の大地に燃え上がる恋。

谷村志穂著

蒼い乳房

純粋、倦怠、悦び、喪失――。そこにはきっと人生のすべてがある。『海猫』の世界を甦らせた表題作を含む、オリジナル恋愛小説集。

谷村志穂著

雀

誰とでも寝てしまう、それが雀という女。でもあなたは彼女の魂の純粋さに気づくはず。雀と四人の女友達の恋愛模様を描く――。

阿川佐和子著

スープ・オペラ

一軒家で同居するルイ（35歳・独身）と男性二人。一つ屋根の下で繰り広げられる三つの心とスープの行方は。温かくキュートな物語。

井上荒野著

潤一

島清恋愛文学賞受賞

伊月潤一、26歳。気紛れで調子のいい男。女たちを魅了してやまない不良。漂うように生きる潤一と9人の女性が織りなす連作短篇集。

井上荒野著

しかたのない水

不穏な恋の罠、ままならぬ人生。東京近郊のフィットネスクラブに集う一癖も二癖もある男女六人。ぞくりと胸騒ぎのする連作短編集。

新潮文庫最新刊

海道龍一朗著
北條龍虎伝
大軍八万五千に囲まれた河越城、守る味方はわずか三千。北條氏康、綱成主従の絆と戦国史に特筆される乾坤一擲の戦いを描いた傑作。

阿刀田 高著
チェーホフを楽しむために
様々な人生をペーソス溢れるユーモアでくるんだ短編の数々――その魅力的な世界を、同じく短編の名手が読み解くチェーホフ入門書。

吉本隆明著
詩の力
露風・朔太郎から谷川俊太郎、宇多田ヒカルまで。現代詩のみならず、多ジャンルに展開する詩歌表現をするどく読み解く傑作評論。

養老孟司著
かけがえのないもの
何事にも評価を求めるのはつまらない。何が起きるか分からないからこそ、人生は面白い。養老先生が一番言いたかったことを一冊に。

池田清彦著
だましだまし人生を生きよう
東京下町に生れ、昆虫に夢中だった少年は、やがて日本を代表する気鋭の生物学者に。池田流人生哲学満載の豪快で忌憚のない半生記。

倉本 聰著
北の人名録
永遠の名作「北の国から」が生まれた富良野。その清冽な大地と鮮烈な人間を活写。名脚本家による伝説のエッセイ、ついに文庫化。

余《よ》　命《めい》

新潮文庫　た-79-5

平成二十年十二月一日発行
平成二十一年一月十五日三刷

著　者　谷《たに》村《むら》志《し》穂《ほ》

発行者　佐藤隆信
発行所　株式会社　新潮社
郵便番号　一六二—八七一一
東京都新宿区矢来町七一
電話　編集部(〇三)三二六六—五四四〇
　　　読者係(〇三)三二六六—五一一一
http://www.shinchosha.co.jp

価格はカバーに表示してあります。

乱丁・落丁本は、ご面倒ですが小社読者係宛ご送付ください。送料小社負担にてお取替えいたします。

印刷・二光印刷株式会社　製本・株式会社大進堂

ISBN978-4-10-113255-6 C0193